숨쉬는책공장 청소년 문학 1

라희의 소원나무

윤영선 장편 소설

숨쉬는
책공장

차례

내 몸은 가볍다 * 7

괜찮아. 엄마, 열어 봐! * 11

재은이를 부탁해! * 22

재은이와 나, 쌍둥이처럼 * 43

바꿔치기 또 바꿔치기 * 62

내 목소리가 들려요? * 77

포기할 수 없는 이유 * 95

엄마가 변했다! * 115

부탁해요. 선생님! * 125

너무 늦기 전에 * 134

동참 * 143

집짓기 프로젝트 * 152

마을 전시회 * 183

진로 선택 * 210

길 위의 도서관 * 231

이별의 시간 * 243

작가의 말 * 254

* * *

펑, 소리가 났고 쿵, 부딪쳤다.

혼돈으로 빠져드는 듯 어지러움을 느꼈다.

아우성치는 소리가 잠시 들리더니 곧, 멈췄고 온통 캄캄해졌다.

누군가 내 손을 잡는 것 같았지만 찰나였다.

아무것도 보이지 않았고 아무것도 들리지 않았다.

무서웠다.

세상이 블랙홀에 빠진 것 같았지만 내 의식은 분명하고 또렷했다.

엄마, 아빠!

재은아!

선생님!

현이 오빠!

내 곁에 있는 소중한 사람들을 부른다.

대답이 없다. 지독하게 외롭다.

'멀리 있어서 그럴 거야. 너무 멀리 떨어져 있어서 그런 걸 거야.'

나는 스스로 위로해 보지만 혼자가 된 이 불길한 예감을 떨쳐 버릴 수가 없다.

철저하게 혼자 된 이 막막함,

사랑하는 사람들에게 다가갈 수 없는 이 거리감,

소통하고 싶다.

내 방 책꽂이에 있는 소원나무 상자가 생각난다.

내 몸은 가볍다

눈을 뜬다. 내 방이다. 내 방에 내가 어떻게 왔을까? 내 몸이 가벼워지는 아주 짧은 순간 나는 내 방에 와 있다. 순간 이동이다. 어떻게 가능할까? 이해할 수가 없다.

나는 책꽂이 가운데 있는 소원나무 상자를 본다. 나를 통해 이루려는 엄마의 소원을 더 이상 강요받지 않고 내 갈 길을 가고 싶다는 무언의 시위처럼 보일 수 있는 내 소원이 상자 안에 들어 있다.

내 꿈은 사회복지사가 되는 것. 초등학교 5학년 때 더불어 잘 사는 복지 사회가 가장 이상적인 세계임을 알고부터 생긴 꿈이다. 다 함께 행복을 느끼는 데 보탬을 주는 사람, 사회복지사가 되고 싶은 마음은 지금도 변함이 없다.

벌컥,

방문이 열린다.

엄마다.

엄마가 내 방에 들어온다. 뛸 듯이 반갑다.

'내 방에 들어올 때 노크 좀 해. 엄마, 노크 몰라? 예절 좀 지켜 줘. 엄마는 예의 없고 교양 없는 사람 같아!'

내가 얼마 전에 엄마에게 소리친 말이다.

'왜 그랬을까? 엄마한테 그런 막말을 하다니. 내가 엄마에게 버릇없고 교양 없는 아이라는 걸 그때는 왜 몰랐을까?'

나는 엄마를 보며 생각한다.

'엄마! 어디 갔다 이제 왔어. 많이 기다렸는데.'

나는 엄마 품에 안기려고 한다. 하지만 안겨지지가 않는다.

엄마는 묵묵부답, 아무런 반응조차 없다.

'뭐지? 이 허전한 느낌은? 엄마!'

나는 어정쩡하게 서서 엄마를 부른다.

엄마가 내 목소리를 듣지 못한다. 엄마는 정신이 나간 사람처럼 초점 없는 눈동자로 내 사진이 끼워진 액자를 들고 우두커니 서 있다. 검은 띠가 양쪽으로 비스듬히 내려져 있는 액자.

'뭐야? 저건 사람이 죽었을 때 하는 건데. 뭐지? 이 묘한 느낌은?'

엄마는 액자를 책상 위에 놓는다. 그러고는 방바닥에 미끄러지듯 주저앉는다.

"라희야, 라희야. 왜 너만, 왜 하필 너니? 왜?"

엄마의 힘없는 외침이 방바닥에 쏟아진다.

"여보. 진정해. 당신 또 쓰러지면 안 돼. 의사 선생님이 위험하다고 했잖아."

아빠가 엄마를 걱정한다. 예전에 아빠는 엄마에게 관심 없는 사람이라고 생각했는데.

'아빠!'

나는 아빠 곁에 가까이 간다.

'아빠는 언제나 내 편이었어. 내가 사회복지사가 꿈이라고 했을 때 아빠가 힘껏 밀어줄 거라고 엄마 몰래 약속했잖아. 그치?'

나는 아빠에게 말을 건다.

아빠 역시 내 말에 대꾸하지 않는다.

'엄마 아빠랑 말이 안 통한다. 소통할 수가 없다. 답답하다.'

나는 가슴을 쿵쿵 치며 방바닥에 주저앉는다.

"여보, 전화 왔어. 담임인가 봐."

아빠가 엄마 핸드폰을 내민다.

"안 받아. 담임이 라희 손을 놓치지만 않았어도 라희가 허무하게 가지는 않았을 거 아냐?"

기운 없는 엄마 목소리, 그러나 독이 서린 말투다.

엄마는 울음을 꿀꺽 삼키며 몸을 부들부들 떤다. 몹시 화가 나면 하는 엄마의 행동이다.

나는 그런 엄마의 손을 잡고 싶다. 하지만 손을 잡을 수가 없다. 엄마를 위로하고 싶다. 하지만 어떻게 해야 위로가 되는지 알 수가 없다.

내 몸은 가볍다. 그러나 나의 존재를 모르는 엄마 아빠 앞에서의 마음은 천근만근이다. 가까이 갈 수 없는 이 거리감이 두렵다.

괜찮아, 엄마, 열어 봐!

엄마는 방바닥에 앉아 고개를 비스듬히 든다. 멍한 눈으로 내 방 여기저기를 천천히 두리번거리더니 일어나 내 침대에 눕는다. 몸을 옆으로 칼처럼 세우고 눈을 감는다.

싫지 않다. 엄마가 내 침대에 누워 나를 추억한다면 나도 좋다.

'예전부터 엄마를 이해했다면 좋았을 걸. 나빴어. 내가 너무 나빴어.'

나는 엄마 곁에 앉아 중얼거린다.

엄마 눈에서 눈물이 또르르 굴러 떨어진다.

'울지 마, 엄마. 나, 엄마 옆에 있어.'

내 위로는 엄마에게 위로가 되지 못한다.

엄마가 몸을 일으켜 세운다. 여전히 초점 없는 눈으로 뭔가를 보더니 침을 꿀꺽 삼킨다.

"여보, 저 상자 좀."

엄마가 손가락으로 가리킨 것은 소원나무 상자다.

내 소원나무 상자. 엄마가 봐 주기를 간절히 바라고 바랐던 것. 내가 평생에 걸쳐서라도 이루고 싶은 소원을 엄마가 지금 보겠다고 한다.

엄마와 나는 생각이 많이 다르다. 나는 사회복지사가 되는 것이 꿈인데 엄마는 당찬 여성으로 뭔가 좀 더 힘 있는 여성이 되기를 원한다.

내가 사회복지사가 되겠다고 했을 때 엄마는 내 꿈을 철저하게 외면했다. 엄마는 내가 생각하는 것보다 나에 대한 기대감이 훨씬 높았기 때문에 내게 요구하는 것 또한 많았다.

하지만 나는 내 꿈을 포기하기 싫었다. 꿈을 놓고 반목하며 말하기조차 서먹해졌을 때 나는 내 평생소원을 적고 상자에 넣어 엄마가 적극 협조해 주길 간절히 바랐다.

하지만 엄마는 소원나무 상자를 한 번도 열어 보지 않았다. 상자를 뻔히 보고도 뭐냐고 묻지도 않았다. 관심조차 없는 것처럼 보였다.

'엄마, 이 상자 궁금하지? 엄마 혼자 있을 때 열어 볼 거잖아. 그러곤 안 열어 본 거처럼 하겠지만 난 괜찮아. 상관없어. 그러니까 꼭 열어 봐. 알았지?'

나는 엄마에게 대놓고 요구했다.

"아니. 딸의 사생활은 지켜 줘야지. 너 없을 때 엄마가 열어 볼 거란 기대는 하지 마. 말과 행동이 같은 일관성 있는 교육이 엄마의 교육 철학이야. 엄마는 안 열어 볼 거야. 네 꿍꿍이를 내가 모를 줄 알고? 안 넘어 가."

엄마는 내 의도를 애써 비켜 가며 외면했다.

'다른 엄마들은 딸이 학교에 갔을 때 이것저것 뒤져 본다던데 울 엄마는 왜 안 낚이지? 내가 너무 대놓고 들이댔나?'

나는 엄마를 설득하는 데 실패했다고 생각했다.

엄마가 이제 소원나무 상자에 관심을 갖는다. 말과 행동이 같은 일관성 있는 교육을 하겠다던 엄마가, 딸의 사생활을 지켜 줘야

한다던 엄마가, 지금 내 사생활을 침해하려고 한다. 나는 기분이 좋아지는데 엄마 얼굴은 왜 흙빛일까? 아주 절망스런 얼굴로 눈물까지 흘린다.

아빠가 소원나무 상자를 꺼내 와 엄마 무릎에 올려놓는다.

"열어 볼 거야?"

아빠가 걱정스러운 듯 묻는다.

엄마가 고개를 끄덕인다. 얼굴은 이미 눈물범벅이다.

"내가 라희 말을 듣지 않으려고 고집을 부렸어. 라희가 자기 꿈을 말할 때 애써 귀를 닫고 살았어. 내가 라희 꿈을 무시한 거야. 라희는 나를 절대 용서하지 않을 거야. 라희가 이렇게 빨리 떠날 줄 알았다면 라희 말을 귀담아들어 줄걸. 내 고집을 꺾어야 했는데 내가 욕심을 너무 부렸어. 나 어떡해. 내가 나를 용서할 수가 없어."

엄마는 주먹을 가슴에 쿵쿵 놓으며 운다. 엄마 어깨가 심하게 흔들린다.

"너무 자책하지 마. 라희도 당신 마음 알 거야. 당신 마음, 나도 알아."

아빠가 엄마를 위로한다.

"당신이 내 마음을 알아? 알긴 뭘 알아? 어떻게 내 마음을 알아?"

엄마가 발끈하며 고개를 쳐든다.

아빠가 뜨악한 얼굴로 엄마를 본다.

"예전에 내가 당신 술 마시는 거 싫다고 말했는데 그 뒤로 당신 술 안 마셨어? 아니잖아. 내가 친정아버지 때문에 술 취한 사람 보는 거 병적으로 싫어한다고 부끄러움 무릅쓰고 당신한테 고백했는데 그 후 당신, 술 안 마셨어? 아니잖아. 나한테 할 말 있으면 무슨 핑계를 대서라도 술 마시고 와서 들이댔잖아. 그 빌어먹을 술, 내가 싫다고 했는데. 그래 놓고 뭐? 이제 와서 내 마음을 알아? 이 개자식아! 니가 사람이야? 참는 것도 한도가 있어."

엄마가 악을 쓴다.

'참 느닷없다. 엄마는 갑자기 아빠가 술 마신 이야기를 왜 하는 걸까? 화풀이를 하려는 걸까? 아빠한테 개자식? 이건 아닌데. 엄마, 아빠에게 이러는 건 진짜 아니지.'

나는 아빠가 어떻게 반응할지 걱정되어 아빠를 빤히 본다.

"이젠 안 그래. 진짜 안 그럴 거야."

아빠가 고개를 절레절레 흔들며 다짐을 한다. 아빠 스스로에게

하는 건지 엄마에게 하는 건지 분간이 안 가지만 엄마에게 화내는
건 분명히 아니다.

"술 때문에 두려운 내 마음을 당신이 단 3초만 생각했더라면 술
마시고 와서 할 말 있다고 조르지는 않았겠지. 내 상처도 이해 못
하면서 라희 잃은 내 마음을 당신이 알아? 이해를 해? 지나가는
개가 웃어. 인간아."

엄마가 어이없는 듯 콧방귀를 뀐다.

"미안해. 내가 그때는 철이 없었어. 이젠 안 그래. 절대 안 그럴
거야. 당신 상처를 무시한 건 아니야. 그때는 회사 상황이 힘들어
서 그랬어. 여보, 라희는 당신만 잃은 게 아니야. 나도 잃었어. 그
러니까 진정해."

아빠는 조용하고 침착하다.

"시끄러워. 변명하지 마."

엄마가 힘 빠진 목소리로 중얼거리며 고개를 돌린다. 조금 누그
러진 듯하다.

"내가 앞으로 당신이 싫어하는 짓 하면 내가 당신 아들이다. 사
람도 아니야, 내가."

아빠가 엄마 말을 저렇게 빨리 수긍하는 건 처음 본다.

술 마신 사람에 대한 두려움과 상처, 엄마의 상처는 내가 생각한 것보다 훨씬 깊었나 보다. 엄마가 측은하다.

"나는 라희를 근사한 여성으로 키우고 싶었어. 라희가 근사하게 살기를 바랐어. 엄마가 딸한테 거는 기대, 그게 나빠?"

엄마가 혼잣말처럼 조용하게 묻는다.

"아니. 안 나빠."

아빠가 즉각 대꾸한다.

"내가 원칙도 없이 딸이 하겠다고 하는 대로 무조건 수긍하고 맞장구를 치는 건 애를 망치는 거야. 딸의 이상보다 엄마의 이상이 더 높아야지. 그래야 애가 그 반이라도 꿈을 이룰 거 아냐. 당신도 내가 철없는 엄마가 되기를 원한 건 아니잖아?"

엄마는 여전히 혼잣말처럼 말한다. 아빠에게 질문을 하지만 아빠를 쳐다보지는 않는다.

"그럼. 애들 말에 무조건 오냐오냐하는 건 아니지."

아빠가 또 재빠르게 대꾸한다.

"아까 내가 욕해서 미안해. 그건 내가 잘못했어. 진짜."

엄마가 사과한다. 잘한 거다.

"아, 개자식. 그거?"

아빠가 핵심을 짚고는 허탈하게 웃는다. 헛웃음. 충격받은 모양이다. 갑자기 그런 욕을 듣고 충격을 받지 않는다면 이상한 사람일 거다.

"괜찮아. 당신이 쌓인 게 오죽 많았으면 나한테 그런 쌍욕을 다 했겠어."

아빠가 엄마 어깨를 툭툭 치며 다독이지만 어이없는 표정이다.

엄마 아빠 모두 멀쩡하지 않다. 서로 힘들면서 힘들다고 말하지 않는다. 분명 전쟁이 벌어질 상황인데 사과하면서 평화를 유지한다. 나는 그게 더 불안하다.

'엄마, 괜찮아? 아빠, 진짜 괜찮은 거야?'

나는 엄마 아빠를 안쓰럽게 바라본다.

내가 마치 왕따가 된 기분이다. 엄마에게 쌍욕을 들어도 좋고 인격적인 모욕을 당해도 좋으니까 엄마하고 말 한 번 섞어 봤으면 좋겠다.

나는 무릎에 소원나무 상자를 놓고 멍하게 앉은 엄마를 본다.

'엄마, 예전에 내가 밥 먹을 시간에 좀 더 잔다고 밥 차린 거 철수시키라고 짜증 부린 거 미안해. 이렇게 빨리 밥을 못 먹게 될 줄 알았다면 엄마가 해 준 밥 잘 먹고 다닐 걸 그랬어. 엄마, 15년밖

에 곁에 있어 주지 못해서 정말 미안해.'

나는 눈물이 난다. 엄마한테 진짜 미안하다. 씩씩한 엄마가 이렇게 힘없이 앉아 있는 건 엄마 곁에 내가 없기 때문이라는 걸 나는 안다.

소원나무 상자

엄마가 상자를 내려다보며 상자 뚜껑에 쓰인 글자를 읽는다.

"여보, 라희 글씨야. 라희가 글씨를 이렇게 썼구나."

엄마가 상자를 쓰다듬는다. 마치 내 머리를 쓸어내리는 것처럼.

"열어 볼래?"

아빠가 묻는다.

엄마가 고개를 끄덕인다.

"여보, 우리 라희가 소원을 뭐라고 적었을까? 우리가 들어줄 수 있는 소원일까? 라희 소원을 들어줄 수는 있을까? 아니, 라희 소원이 뭐든 다 들어주자. 뭐든 다. 응?"

엄마가 흐느끼며 말한다.

"그래. 그러자. 최선을 다해서 라희 소원을 이뤄 주자. 내가 라희를 적극적으로 지지했어야 했는데. 당신 눈치 보느라 너무 소극적이었어."

아빠가 눈물을 훔쳐 내며 말한다.

'아빠, 나한테 너무 미안해하지 마.'

'엄마, 괜찮아, 열어 봐! 겁먹지 말고.'

엄마가 안쓰럽다. 소원나무 상자에 뻗은 엄마 손이 부르르 떨린다.

'엄마, 괜찮아. 용기를 내. 더 일찍 열어 보지 않은 거 자책하지도 말구.'

순서대로 펴 보세요!

엄마는 상자 속 뚜껑에 쓰인 글자를 중얼거리듯 읽는다. 그러고도 한동안 상자 안을 들여다보고만 있다. 기운 없이 어깨가 축 처진 채 앉아 있는 엄마가 불쌍하다.

'엄마. 괜찮아. 열어 봐. 엄마가 들어주지 못할 소원은 하나도 없어.'

나는 엄마에게 조용히 말을 건넨다.

"라희야, 미안해. 이 상자를 너무 늦게 열어 봐서 정말 미안해."

엄마는 중얼거리며 상자 뚜껑을 연다. 상자 안에 놓인 나무를 조심스럽게 꺼내더니 책상 위에 세워 놓는다.

'엄마, 내가 그 나무 이름을 〈라희의 소원나무〉라고 지었어. 열매 위에 적힌 숫자 순서대로 떼어 펴 봐. 내 소원을 적어 놓았으니까.'

엄마는 1이라고 적힌 열매를 떼어 아빠에게 내민다.

아빠는 엄마가 하는 모양을 보고 있다가 엄마가 내민 열매를 받아 들고 색종이를 펼친다. 아빠 손이 떨린다.

"첫 번째 소원."

아빠가 소리 내 읽는다. 목소리가 비 오는 날처럼 축축하다.

재은이를 부탁해!

재은이를 입양해 쌍둥이처럼 크기

"재은이를 입양해 쌍둥이처럼 크기. 재은이가 누구지? 당신 재은이 알아?"

아빠가 엄마를 돌아본다.

엄마가 도리질을 한다.

"재은이하고 쌍둥이처럼 크는 게 라희 첫 번째 소원이었어? 기막혀."

엄마 입에서 헛웃음이 나온다.

'엄마. 내가 가정 먼저 이루고 싶은 소원이었어. 재은이 많이 힘든 아이야. 엄마, 재은이랑 한집에서 쌍둥이처럼 나란히 크고 싶었어. 이제 쌍둥이처럼 크는 건 이룰 수 없지만 재은이 입양해 줘. 엄마, 재은이를 부탁해.'

엄마는 소원나무 상자를 닫아 책꽂이 중앙에 다시 놓아둔다.

"쌍둥이처럼 크고 싶다는 거 보니까 친구인가 봐."

엄마가 혼잣말처럼 중얼거린다. 그러더니 벌떡 일어선다.

"어디 가려고?"

아빠가 뜨악한 얼굴로 묻는다.

"담임한테. 라희 담임은 재은이가 누군지 알 거 아냐."

엄마는 거실로 나가 자동차 열쇠를 찾는다.

"TV 리모컨은 있는데 차 키는 왜 없는 거야!"

엄마 목소리에 흥분과 짜증이 섞여 있다.

"이거 찾아?"

아빠가 자동차 열쇠를 들고 묻는다.

"당신 그 상태로 운전 못해. 내가 데려다줄게. 목적지가 학교야?"

"응. 라희가 다니던 학교."

"지금 당장 담임을 만나야겠어?"

아빠가 걱정스럽게 묻는다.

"응. 담임 얼굴 보기 싫지만 어쩌겠어. 재은이란 아이가 누군지 알아봐야 하니까. 만날 수밖에."

"준비해. 데려다줄게."

"뭘 준비해? 그냥 가면 되지. 자식 앞세운 년 얼굴에 색칠이라도 해?"

"준비할 거 없으면 바로 가. 그럼."

아빠는 그 말뿐, 앞장서서 밖으로 나간다. 엄마 짜증을 참고 견뎌 주는 거다.

엄마가 아빠를 따라 나가고 나도 따라 나간다.

"1층에 있어. 차 갖고 올라올게."

아빠는 엘리베이터 문 앞에 서서 엄마를 1층에서 내리게 하고 지하 주차장으로 간다.

엄마는 싸늘한 겨울바람에 몸을 움츠리며 팔짱을 끼고 서성인다.

아빠가 엄마 옆으로 차를 댄다.

"빨리 타. 추워."

아빠가 차창을 열고 소리친다.

나는 엄마가 차 문을 열 때까지 기다린다. 엄마가 조수석에 앉을 때 나는 뒷좌석에 앉는다.

"재은이란 애, 라희에 대해 우리가 모르는 뭔가를 더 알고 있지 않을까? 왠지 그럴 것 같아."

"당신 괜찮아? 지금 많이 흥분한 상태야. 진정해. 우리에게 너무 많은 변화가 생기고 있어. 그 변화에 우리가 침착하게 적응해야 해."

아빠는 운전대를 잡고 앞을 보며 말한다.

"내가 엄마가 돼 갖고 라희에 대해 모르는 게 너무 많았어. 다 알고 있다고 생각했는데. 재은이랑 쌍둥이처럼 크고 싶다니. 그게 라희 첫 번째 소원이었다니. 상상도 못했어. 라희가 그런 생각을 하는 줄은."

엄마가 손등으로 흐르는 눈물을 닦아 낸다.

"입양 절차가 까다로울 텐데. 우리 환경이나 조건도 맞아야 하고. 무엇보다 재은이란 아이가 우리에게 입양될 의사가 있어야 할 거고."

아빠는 신호등 앞에서 신호가 떨어지길 기다리며 검지로 운전대를 톡톡 친다. 그 모양이 시계 초침이 움직이는 듯 일정하다.

"여보, 재은이란 아이, 꼭 입양하자. 라희 첫 번째 소원, 이뤄 주고 싶어."

"그래. 한번 부딪쳐 보자고. 뭐든 쉽지는 않겠지만 하다 보면 길이 열리겠지."

아빠는 긍정적으로 고개를 끄덕이며 대답한다. 엄마 아빠 곁에는 지금 내가 없는 것이 가장 큰 아픔이며 가장 큰 위기다. 아빠 차가 학교 정문으로 들어선다.

학교다.

엄마 아빠와 집에서 보낸 시간보다 더 많은 시간을 친구들과 보낸 학교. 엄마 아빠와 나눈 이야기보다 더 많은 비밀을 친구들과 만든 장소가 바로 학교다.

엄마 아빠는 교무실로 직행해 담임 자리에 가 선다. 아빠는 엄마 곁에 보디가드처럼 서 있다. 그 태도가 너무 당당해서 빚 받으러 온 왈패들 같다.

"2학년, 재은이란 학생이 이 학교 학적부에 있는지 확인해 주세요."

엄마는 침을 꼴깍 삼킨다.

예의 없는 행동이다. 담임에게 인사도 안 하고 다짜고짜 할 말부터 한다.

"라희 어머님, 정재은 학생은 전학 갔어요. 자리에 잠시 좀 앉으세요. 설명해 드릴게요."

담임 목소리는 상냥하다. 애써 웃어 보려 하지만 웃어지지 않는 표정이다. 긴 머리는 뒤로 질끈 묶여 있고 화장하지 않은 얼굴이 병자 같다.

"언제 전학 갔어요?"

"수학여행 가기 전에 일이 좀 생겨서."

"어느 학교예요?"

"ㅅ중학교입니다."

"알겠어요."

엄마는 담임에게 인사도 없이 몸을 팽 돌리고 걸어 나간다.

"라희 어머니!"

담임이 엄마를 부른다. 뭔가 할 말이 있는 간절한 눈빛이다.

엄마가 다시 돌아선다.

"선생님한테는 볼일 없어요. 죄송하다는 말 하려면 됐어요. 그 말도 지겨워요. 선생님, 라희 손을 왜 놓쳤어요? 우리 라희, 꽉 붙

잡고 그 지옥에서 끌어냈어야죠."

엄마는 쌩하니 교무실을 나간다.

아빠가 담임에게 인사를 꾸벅 하고 엄마 뒤를 따라 나간다.

'다행이다. 아빠라도 담임에게 예의를 지켜서.'

담임은 엄마 뒷모습을 한참 동안 쳐다보다가 자리에 털썩 주저 앉는다. 두 손바닥으로 얼굴을 문지르며 괴로워한다.

'선생님, 죄송해요. 우리는 다음에 이야기해요.'

나는 엄마 뒤를 부리나케 따라 나가며 말한다.

"라희야!"

담임 목소리가 아득히 들려온다.

'설마. 내 목소리를 듣고 날 부른 건 아니겠지?'

나는 교무실을 뒤돌아보며 생각한다.

아빠는 막돼먹은 행동을 하는 엄마에게 아무 말도 하지 않는다. 아빠가 엄마에게 무례하다고 핀잔하거나 타인에게 좀 부드럽게 말할 수 없냐는 그런 말들을 해서는 안 되는 상황임을 나는 안다.

ㅅ중학교.

엄마 아빠는 지금 그곳으로 가는 중이다. 엄마는 담임에 대한 분노 때문에 지금도 여전히 투덜거리고 아빠는 중립을 지키며 묵묵히 운전만 한다.

'재은이는 예전 모습 그대로일까? 변했을까?'

나는 재은이를 볼 생각을 하니 마음이 뒤설렌다.

'엄마 아빠가 이렇게 쉽게 행동에 나설 줄 알았다면 재은이를 입양해 달라고 진작 말할 걸 그랬어. 그랬으면 지금쯤 우리 둘은 아무도 모르는 곳으로 전학 가서 진짜 이란성 쌍둥이처럼 살고 있을 텐데.'

나는 조용해진 엄마를 보며 생각한다. 엄마는 차창에 머리를 기대고 눈을 감고 있다.

"당신, 안정제 안 먹어도 되겠어?"

"괜찮아."

엄마가 많이 지친 듯 힘이 없다.

재은이가 전학을 간 뒤 연락이 안 되었다. 가정위탁하는 엄마가 핸드폰을 빼앗았기 때문이다. 그러다 재은이는 가정위탁 엄마에게 양육 받기를 포기하고 보육원으로 들어갔다. 인권을 빼앗기고 비인간적으로 사느니 차라리 보육원이 낫다고 판단했다. 그러나 보육원에서 생활하는 것이 친구들에게 알려지는 건 싫어했다. 전학을 결정한 건 그 때문이었다.

아빠가 ㅅ중학교 건물 뒤로 차를 세운다. 엄마가 내리더니 2학년 반을 찾아간다.

"정재은 학생, 이 반에 있니?"

엄마가 교실 문을 기웃거리며 묻는다.

"그런 애, 없는데요."

"아, 그래."

엄마는 다음 교실로 이동한다.

"정재은 학생, 이 반에 있니?"

엄마가 교실 뒷문을 열고 묻는다.

"야, 전학생. 누가 너 찾는다."

반 아이가 소리친다.

재은이는 이름 대신 전학생으로 불리는 모양이다. 재은이가 고개를 돌린다. 창가 책상에 앉아 있다가 교실 뒷문 쪽을 멍하게 바라본다.

'재은이다. 내 친구 재은이.'

나는 재은이에게 달려가 와락 안아 주고 싶다. 오랜만이라고, 반갑다고 소리치며 손잡고 쿵쿵 뛰고 싶은데 목소리가 안 나온다. 재은이 손을 잡아 줄 수도 없다.

재은이가 교실 뒷문으로 걸어 나온다. 예전 모습 그대로다. 가느다란 체형에 단발머리를 뒤로 질끈 묶고 쌍꺼풀 없는 반짝이는 기다란 눈, 그대로다. 언제나 꽉 다문 입, 별로 높지 않은 코와 넓은 이마가 나와 비슷하지만 동그란 내 얼굴형 때문에 재은이와 나는 전혀 닮아 보이지 않는다.

재은이가 복도에 나와 의아한 얼굴로 엄마 아빠를 번갈아 본다.

"라희 알지? 나, 라희 엄마야."

"네. 아줌마, 라희는 제 친구예요. 죄송해요. 아줌마."

재은이가 엄마를 보고 깜짝 놀라더니 밑도 끝도 없이 사과부터 한다.

'재은아, 뭐가 죄송해? 그러지 마.'

나는 재은이가 왜 저러는지 알 수가 없다.

"아줌마. 제가 전학만 오지 않았어도 라희랑 수학여행 같이 가서 라희랑 같이 있었을 텐데. 정말 죄송해요."

"그런 말 하지 마라. 조용한 데 가서 잠깐 얘기 좀 하자."

엄마는 재은이를 데리고 복도를 나간다.

"매점 가서 먹을 거 좀 사 줄까?"

"아뇨. 아줌마, 괜찮아요."

재은이는 엄마 앞에서 긴장하며 어쩔 줄 몰라 한다.

'재은아, 그러지 마. 너 보육원에서도 힘들 텐데. 우리 엄마한테
까지 그럴 필요 없어.'

나는 재은이가 안쓰럽다.

"이쪽은 라희 아빠야."

엄마가 아빠를 돌아보며 소개한다.

"처음 뵙습니다."

재은이가 고개를 푹 숙여 아빠한테 인사를 한다.

아빠는 웃는 얼굴을 지어 보이지만 말을 건네지는 않는다. 엄마
아빠는 재은이에게 친절하다. 담임에게 했던 행동하고는 완전 다
르다.

"매점 가자. 날씨가 추워 밖에 나갈 수가 없으니 매점으로 가는
게 좋겠다. 매점으로 가자."

엄마가 재은이 얼굴을 살피며 말한다.

재은이는 매점을 향해 발길을 돌리고 앞장선다.

"전학은 왜 한 거니?"

엄마가 묻는다.

"제가 대리양육 가정위탁 아이거든요."

"대리양육 가정위탁? 아주 어려운 말이구나?"

"네. 일반 가정집에서 일정 기간 동안 엄마 아빠 대신 저를 보살펴 주는 거예요. 그러니까 제가 고아지만 고아인 줄 모르게 할 수 있는 거죠. 가정집에서 지내니까요. 제가 그런 상황에서 사는 줄 아무도 몰라요. 전학 오기 전에 힘들어서 라희에게만 털어놨어요."

"라희가 그걸 알고 있었구나? 라희에게 말한 걸 보면 무슨 일이 있었던 거지?"

엄마가 재은이 옆에 가까이 붙어 걸으며 묻는다.

"네. 초등학교 5학년 때 엄마는 병에 걸렸고 아빠는 알코올 중독이라서 나를 포기한 거래요. 처음에는 고모가 대신 키워 준다고 해서 고모 집으로 갔어요. 알고 보니 고모부가 나라에서 주는 양육비를 탐내서 그런 거였어요. 고모부는 양육비가 생각한 것보다 적었는지 나를 구박하기 시작했고 고모는 나를 위해 대리양육을 포기하고 가정위탁을 신청한 사람에게 저를 보낸 거예요."

"세상에. 재은이 똑똑하구나. 그 과정을 다 알고 있었어. 그래서

33

어떻게 됐어?"

엄마가 안타까운 듯 얼굴을 찌푸린다.

"고모 집에서 나와 보육원에 가기 전 그 집에 가게 된 거죠. 그 엄마가 가정위탁을 신청했는데 조건이 저랑 딱 맞았대요. 고모가 친권양육을 포기한다는 각서를 쓰고 그 집에 저를 맡긴 거죠."

"그때부터 그 사람이 엄마가 된 거구나? 그 엄마도 별로였던 거 니?"

엄마가 한숨을 몰아쉰다.

"제가 초등학교 때는 이런저런 사정을 잘 모르기도 했지만 그 엄마가 고모처럼 가정위탁을 포기할까 봐 걱정이 되기도 했어요. 그럼 저는 또 버려지는 거니까……."

"그래. 두려웠겠다."

엄마가 매점 앞에 서서 말한다.

아빠는 매점에 들어갔다가 나온다. 아빠 손에 따뜻한 두유와 빵이 들려 있다.

"더 좋은 거 사 주고 싶은데 수업이 계속 있을 테니 학교 밖으로 나갈 수도 없고."

엄마가 재은이 손에 두유와 빵을 들려 주며 말한다.

"재은이 엄마 아빠가 아프긴 하지만 살아 계신 거지?"

"아뇨. 돌아가셨다는 소식 들었어요. 두 분 다."

"그랬구나. 그 가정위탁 집에서는 무슨 일이 있었던 거니?"

엄마가 묻는다.

"나라에서 주는 양육비 있다고 아까 말했잖아요? 저한테 나오는 정부 보조금 받아 챙겨 쓰고 저한테는 용돈 한 푼 안 준 거예요. 매점 가서 빵 사 먹게 용돈 달라고 하면 매점 가서 군것질해야 행복한 거냐고 야단치고, 일요일에 친구 따라 교회 간다고 하면 인사 제대로 안 한다는 꼬투리를 잡아 한 시간씩 서 있게 하고 그랬어요."

"라희하고 교회도 다녔니?"

엄마가 묻는다.

"보육 엄마가 밖으로 나가는 거 그런 식으로 막아서 한 번도 같이 못 갔어요. 지난번에는 반티 맞춰 입는다고 해서 티셔츠 값 달라고 했더니 체육복이 있는데 반티 맞추는 담임이 이상한 사람이라고 담임한테 전화해서 담임을 막 몰아세웠어요."

"라희랑 같이 다닌 그 학교 담임?"

"네. 그 담임 선생님이 보육 엄마가 좀 이상하다고 하면서 저를 불러서 생활하는 거 어떠냐고 물어보기에 다 말했어요."

재은이는 또박또박 할 말 다 한다.

'역시 똑똑한 내 친구'

나는 재은이가 거침없는 저런 면이 참 마음에 든다.

"보육 엄마가 학교에서 하는 거에 딴지를 건 거구나? 그런 상황에서 담임은 어떻게 대처한 거야?"

엄마가 숨을 훅 몰아쉰다. 제대로 열 받은 거다.

"그런 일이 있을 때면 반 회비가 있으면 그걸로 사 주거나 선생님 개인이 사 주기도 했는데 지난번 담임은 엄마 행동이 정서 학대, 언어 학대 수준이라고 그냥 두면 안 된다고 해서 일이 좀 커졌어요. 저는 친구들한테 친부모가 아닌 보육 엄마와 사는 거 밝혀지는 게 싫어서 그동안 참았는데 제가 사춘기가 됐는지 도저히 못 참겠어서 담임한테 털어놓고 도움을 청했고 라희에게도 털어놨어요."

"라희는 뭐라고 했니?"

엄마 눈이 반짝인다.

"저랑 같이 그냥 울어 줬어요. 라희는 처음으로 제 비밀을 나눈 친구예요. 아줌마, 제가 전학 와서 정말 죄송해요."

"재은아, 자꾸 그러지 마."

엄마가 가슴에 손바닥을 대고 침을 꿀꺽 삼킨다. 마음이 아파 그런 거다.

"아니에요. 아줌마, 진짜 죄송해요."

재은이는 결국 엉엉 소리 내 운다.

'저 계집애 또 저런다. 울지 말라니까.'

재은이가 지금 나 때문에 슬프게 울고 있다. 두유와 빵을 양손에 하나씩 들고 손등으로 눈물을 닦아 내며 울고 있다.

나는 재은이 옆에 서 있을 뿐 별다른 위로를 해 줄 수 없는 게 안타깝다.

엄마가 재은이를 안아 준다. 등을 쓸어 주고 토닥여 준다. 엄마는 애써 태연해 보이려고 하지만 눈에서는 이미 눈물이 주르르 흘러내린다. 둘은 눈을 감고 한참 동안 그렇게 서 있다.

"참 막막했을 텐데. 재은이 잘 참아 냈구나. 그동안 얼마나 힘들었니? 모든 것을 잃은 그 기분, 아줌마가 알아. 막막하고 깜깜했을 그 기분, 내가 알지. 이제부터는 너에게 좋은 일만 생길 거다."

엄마가 재은이를 따뜻한 눈으로 바라본다.

"라희도 저에게 그렇게 말해 줬는데. 아줌마, 죄송해요. 진짜 죄송해요."

'쟤, 또 무슨 소리 하는 거야? 뭐가 자꾸 죄송해?'

"라희를 기억해 주는 재은이가 있어서 얼마나 다행인지 모르겠다. 라희가 너를 간직할 수 있어서 그나마 다행이지 않니?"

엄마가 흐르는 눈물을 손바닥으로 닦아 낸다.

재은이가 엄마 품에서 떨어진다.

"라희가 용기 내도록 저를 도와줬어요. 그래서 담임이 정서 학대, 언어 학대로 보육 엄마를 신고해야 한다고 했을 때 제가 용기를 낸 거죠. 용기가 필요했는데 라희가 힘이 돼 줬어요."

재은이는 울며 할 말 다 한다.

"우리 라희가 그랬구나. 그 가정위탁 보육 엄마하고는 어떻게 헤어진 거니? 깔끔하게 마무리 된 거야?"

엄마가 재은이 어깨를 잡아 주며 묻는다.

"네. 사회복지사 선생님이 나와서 조사하고 보육 엄마가 양육 포기각서 쓰니까 저는 오갈 데가 없어졌어요. 오갈 데 없어지는 게 두려워서 그동안 참았는데. 사회복지사 선생님이 보육원 몇 군데 추천해 줘서 제가 선택해서 들어갔어요. 그 때문에 전학하게 됐고요."

"그랬구나. 힘든 시간을 보냈어. 재은아, 우리 이제 울지 말자."

엄마가 손등으로 눈물을 훔쳐 내고 얼굴을 정리하며 말한다.

"아줌마, 수학여행 가기 전에 그런 일이 생겨서 제가 전학을 한 건데. 저는 가족이 없으니까 제가 라희를 대신했어야 했는데……."

재은이가 말끝을 흐린다.

"재은아, 그런 말 하지 마라. 가족이나 환경에 상관없이 목숨이 소중하지 않는 건 없어. 어떤 목숨이든 다 소중한 거다. 이젠 절대 그런 말 하지 마. 알았지?"

엄마 목소리가 떨린다.

나는 재은이 마음을 안다. 거짓이 아니라는 것도 안다. 죽는다고 슬퍼할 사람 하나 없다면서 살면 뭐하나 그러면서 죽고 싶다고 나에게 몇 번이나 말한 적이 있다.

"재은아, 이젠 좋은 일만 생길 거야. 라희가 너를 입양해서 쌍둥이처럼 크는 게 첫 번째 소원이었대. 딸의 마음도 모르는 어미가 무슨 자격이 있다고. 나야 말로 죽고 싶다."

재은이가 멈칫하며 엄마를 본다.

"나도 지금 그런 심정이야. 하지만 재은이를 만났으니까 그런 생각 안 하려고 이제.”

엄마가 재은이를 보고 피식 웃어 보인다. 슬픈 미소다.

“아줌마.”

“그래 재은아, 우리 같이 힘을 내 보자. 그러면 라희도 기뻐할 거야.”

“네. 아줌마. 힘을 내 볼게요.”

재은이가 손등으로 눈물을 문질러 닦는다.

“재은아, 너를 입양하고 싶어서 왔어. 허락한다면……. 너를 입양하려고. 허락해 주면 좋겠다. 꼭.”

“제가 라희 몫을 대신해야 하는 거예요?”

재은이는 거기까지 생각이 미친 거다.

“아니야. 라희를 대신할 필요는 없어. 우리가 모여 살면서 라희를 함께 추억하는 거지. 라희 첫 번째 소원이 재은이 너를 입양해서 쌍둥이처럼 크는 거였대. 그걸 라희가 떠난 다음에야 알게 됐어. 그러니까 재은아, 우리 집에 입양 오는 거, 긍정적으로 생각해 줘.”

“네, 생각해 볼 게요. 사회복지사 선생님이랑 상담도 하고요.”

“그래. 어떤 결정을 하든 우린 재은이 결정을 따를 거야. 재은이가 어떤 게 행복한 삶을 살 수 있을지 먼저 생각하면 좋겠어. 오늘은 이만 갈게."

엄마가 입꼬리를 올리며 미소를 짓는다.

"네. 아줌마, 안녕히 가세요. 아저씨, 안녕히 가세요."

재은이가 엄마 아빠에게 차례로 고개를 꾸벅하며 인사를 한다.

"재은아, 힘내. 너는 혼자가 아니야. 이제부터 아줌마가 너를 보살필 거야. 기회를 줘. 재은이도 우리에게 힘이 돼 주면 좋겠어. 우리가 좀 일찍 만났으면 좋았을걸. 너무 늦게 찾아와서 미안하다."

"별말씀을요."

"재은아, 잘 지내고 있어. 뭐든 긍정적으로 생각하고. 마음 결정되면 연락하고."

아빠가 명함에 엄마 전화번호를 적어 재은이에게 준다.

"저는 핸드폰이 없어요. 제가 어떤 결정을 하든지 연락은 꼭 드릴게요."

"잘 먹고, 잘 자고. 나쁜 생각하지 말고. 알았지?"

엄마가 재은이를 걱정한다.

"네. 그럴게요."

재은이가 엄마를 보고 빙긋 웃는다. 눈에 눈물이 그렁한 채.

'저 계집애 또 저런다. 울다가 웃으면 어디 어디에 털 나는데.'

나는 재은이를 보며 중얼거린다.

이 분위기, 뭔가 뒤설레는 좋은 예감을 준다.

재은이와 나, 쌍둥이처럼

"매년 5월 11일은 입양의 날!"

엄마는 컴퓨터 앞에 앉아 입양 홈페이지에 있는 글을 읽는다. 처음 알았다는 말투다.

"아이들은 사랑받을 때 가장 아름답다!"

아빠가 엄마 옆에서 다른 글을 따라 읽으며 공감한다.

"우리 라희, 사랑받으며 큰 거 맞지?"

엄마가 확인하려는 듯 아빠를 돌아보며 묻는다.

"그럼."

아빠가 빠르게 반응한다. 엄마가 자책감에 빠질까 봐 두려운가 보다.

엄마는 기획력은 좋지만 철저함이 떨어지는데 그 부족함을 아빠가 채워 준다. 아빠는 모든 것을 철저하게 준비하는 걸 좋아한다. 완벽주의자처럼 느껴질 때도 있다.

입양 절차는 꽤 까다로운 편이다. 준비해야 할 서류가 열 가지나 되는데 아빠는 복잡하다 생각 안 하고 걱정하는 기색도 없이 척척 해낸다.

"부부 의견 일치하고, 입양 상담 했고, 입양 신청 했고, 양부모 교육도 받았고, 재산 관계 서류까지 열 개 다 들어갔고, 아이는 재은이가 오기로 했고. 법원판결⋯⋯."

아빠는 하나하나 체크하다가 7단계 법원판결에서 뚝 멈춘다.

"불안해?"

엄마가 묻는다.

"불안하기보다⋯⋯."

아빠가 숨을 크게 몰아쉰다.

"라희가 곁에 없다는 게 마음에 걸려 그러지? 그 마음, 알아."

엄마가 아빠 마음을 안다고 한다. 엄마가 아빠에게 이런 말을 한 것은 백만 년쯤 된 듯하다.

"여보, 내가 볼 때 서류나 우리 조건에 결격 사유는 없어. 괜찮아. 다 잘될 거야."

엄마가 아빠 말투로 아빠를 위로한다. 아빠에게 촉을 세우고 독한 말을 하던 엄마가 아주 부드럽게 아빠를 격려한다.

'우리 엄마가 달라졌어! 이 기쁨을 알려야 하는데 누구한테 말해야 할지 모르겠네.'

나는 피식 웃고 만다.

'아빠, 난 괜찮아. 오히려 내가 미안해.'

나는 아빠의 어깨를 바라본다. 아빠 어깨가 작아진 것 같다.

드디어 재은이가 왔다. 교복을 입은 차림으로 우리 집으로 완전히 이사를 왔다. 교복에 달린 정재은이란 이름표를 떼고 앞으로는 이재은이란 명찰을 달게 된다.

'이라희, 이재은.'

재은이와 나, 쌍둥이처럼 이렇게 나란히 크는 모습이 내가 상상한 그림이다. 내가 재은이 곁에서 함께 지낼 수는 없지만 재은이가 내 가족이 된 것만으로도 아주 잘된 일이다.

재은이 짐은 별로 없다. 교복 한 벌, 집에서 입는 옷 두 벌, 양말 몇 개, 속옷 몇 가지가 전부다. 책은 학교에 두고 다니고 참고서나 문제집 같은 것은 하나도 없지만 재은이는 공부를 잘한다. 집에 가서 공부하지 않고 학원도 안 다니는데 공부를 잘하는 이유가 있다. 학교 수업 시간에 집중한다. 중요한 것은 교과서 빈 공간에 빼곡히 적어 놓고 쉬는 시간에 그걸 전부 다 외워 버린다. 스펀지처럼 흡수하는 끝내주는 집중력을 갖고 있다.

재은이는 친구들과 놀지 않는다. 노는 걸 싫어하는 게 아니라 친구들과 가까워지는 게 두려워서다. 가정위탁 보육 엄마와 사는 재은이의 그 비밀이 노출될까 봐 적당한 거리를 유지하기 위해 친하게 지내지 않는다. 그게 무척 힘든 일임을 나는 안다.

'재은아!'

나는 재은이가 내 가족이 된 게 좋아서 그냥 불러 본다. 변하지 않았는데 다르게 느껴진다.

'우리 집에 온 걸 환영해! 우리가 한집에서 살게 되다니. 우리 정말 쌍둥이 같아.'

나는 토끼처럼 거실을 경중경중 뛰어다닌다. 재은이가 우리 집에 와서 정말 좋다. 기쁘다.

오늘은 내 소원이 이루어진 날이다. 재은이와 나, 쌍둥이처럼 이

렇게 한집에서 나란히 커 가기를 간절히 바랐던 내 첫 번째 소원
이 이루어진 역사적인 날이다.

'하지만 마음껏 기뻐해도 기쁨이 느껴지지 않는 이 허전함은 뭘
까?'

재은이와 엄마 아빠 사이에 흐르는 기류는 물과 기름처럼 쉬이
지 않고 겉도는 것처럼 묘하게 서먹하다. 처음 만난 사이도 아니
고 입양이 되기까지 몇 번의 만남을 가졌는데도 이상하고 야릇하
게 뭐라 표현하기 힘든 어색한 거리감, 이 거리감을 깨고 빨리 섞
여야 한다.

가족은 거리감이 없어야 한다. 적당한 경계선은 지키고 유지해
야 하지만 싸우고 난 뒤처럼 서먹한 이런 분위기는 빨리 깰수록
좋다.

나는 재은이를 본다.

재은이는 소파에 앉지도 않고 눈동자가 흔들리며 어리둥절한
표정으로 지나치게 다소곳이 거실에 서 있다. 내 집에서 이재은으
로 살아가야 하는 현실이 믿기지 않는 모양이다. 거실에 서 있는
이 몇 분이 재은이에겐 천 년처럼 느껴질 거란 생각이 든다.

"재은아, 재은이가 라희방이랑 물건들 그냥 다 쓰겠다고 해서

그냥 뒀어. 작은 방이 하나 더 있으니까 지금이라도 원하면 말해. 바꿔 줄게."

엄마가 재은이에게 손을 내밀며 말한다.

재은이가 엄마 손을 잡고 엄마 뒤를 따라간다.

내 방은 현관 옆에 있다. 엄마는 내 방 위치가 드나드는 문 옆이라 여자애가 머슴처럼 문간방을 쓴다고 핀잔을 한 적도 있지만 안방과 되도록 멀리 떨어져 있어서 나는 아주 마음에 든다.

"라희 물건이 있으면 엄마 아빠는 좋긴 한데 재은이가 진짜 괜찮은 건지 모르겠네."

엄마가 내 방문을 열며 말한다.

"네. 괜찮아요. 엄마 아빠도 좋다고 하시니까 다행이죠. 사회복지사 선생님이랑 상담도 했어요. 저는 정말 괜찮아요."

재은이가 내 방으로 들어서며 말한다. 예절 바른 말이다. 엄마 아빠에게 인정받고 싶은 거다. 부모에게, 고모에게, 가정위탁 보육 엄마에게 소외되고 버림받았던 기억 때문에 인정받고 싶어서 완벽한 아이가 되려고 노력한다는 걸 나는 안다.

"그래. 나중에라도 싫어지면 말해. 언제든지 바꿔 줄게. 재은이가 정리해도 좋고."

엄마가 재은이를 돌아보며 말한다.

"아뇨. 정말 괜찮아요. 나중에라도 마음 안 바꿀 거예요. 엄마 아빠가 라희를 추억하듯이 저도 라희를 추억하며 지낼 수 있으니까 좋아요. 라희 이야기해도 되죠?"

재은이가 아차 싶었는지 엄마를 얼른 쳐다보며 묻는다.

"그럼. 우리가 살아가면서 라희를 오래오래 기억하고 추억하며 살아 내야지. 재은아, 너희끼리만 알던 이야기도 엄마한테 해 주고."

"네. 그럴게요. 감사합니다."

재은이 얼굴에 미소가 번진다. 긴장이 좀 풀어진 것 같지만 예절은 여전히 바르다.

"이라희, 이재은. 라희가 쌍둥이처럼 이렇게 나란히 크고 싶었다는 거잖아. 재은이 생일이 언제지?"

"5월 7일이에요."

"그럼 재은이가 동생이네. 라희는 4월 5일이니까. 쌍둥이라도 언니 동생이 있잖아?"

"네. 그렇죠. 예전에 라희는 자기가 언니라고 언니 노릇하고 막 그랬어요."

재은이는 내 방을 죽 훑어보며 대답한다.

"이재은."

아빠가 재은이를 부른다.

"네, 아빠."

재은이가 재깍 대답한다.

"우리 집에 온 첫날이니까 외식하자. 엄마 음식이 재은이 입맛
에 안 맞을 가능성이 아마도 90퍼센트 이상?"

아빠는 재은이에게 말하지만 엄마에게 장난을 거는 말투다.

엄마 아빠의 싸움은 항상 아빠의 장난에서 출발한다. 일기 예보
의 비 올 확률도 아니고 아빠 말이 좀 이상하긴 하다.

"그래. 오늘은 외식하자. 재은아, 준비해."

엄마 목소리 톤이 올라간 걸 보니 약간 들뜬 게 확실하다. 아빠
장난에는 대꾸도 안 하고 외식이란 말에 집중한다.

"무슨 준비를 하라는 건지."

재은이가 말끝을 흐리며 엄마를 본다.

"외출 옷 갈아입어. 교복 입고 외식하고 싶진 않을 거잖아. 라희
는 교복 입고 밖에 절대 안 나갔는데. 너희 또래는 다 그런 거 아니
니?"

엄마가 재은이를 보고 웃는다.

"외식이란 걸 안 해 봐서. 엄마, 그리고 전 교복 외엔 외출복이 따로 없는데……."

재은이가 말끝을 흐린다.

"이쩜 좋아!"

엄마가 당황한 표정을 하며 내 옷장 문을 연다.

"재은아, 라희 옷 그냥 다 뒀어. 재은이가 괜찮다고 해서 안 치웠는데 진짜 괜찮은 거지?"

엄마는 같은 말을 자꾸 반복해 묻는다. 아까도 설명하고 재은이한테 물었는데 또 말하고 묻는 걸 보면 재은이에게 엄마 뜻을 상기시키려는 의도로 들린다.

"네. 그럼요. 진짜 괜찮아요."

재은이가 재깍 대답한다.

학교에서 소풍을 가거나 백일장 같은 행사를 학교 밖에서 할 때면 나는 여벌을 챙겨 가 재은이에게 주었다. 재은이는 화장실에서 내 옷으로 갈아입고 거울에 이리저리 비춰 보며 좋아했다.

"나보다 잘 어울려. 진짜 맘에 안 들어."

나는 팔짱을 끼고 토라져 입을 삐죽거리는 장난을 쳤지만 재은이랑 쌍둥이처럼 크면 좋겠다고 생각했다.

나는 재은이에게 내 옷을 주기도 했다. 하지만 재은이는 보육 엄마 때문에 가져가지 않았다. 숨겨 놨다가 들키면 더 곤란한 일이 생길 거라면서 소풍 갈 때 한 번씩 빌려 달라고만 했다.

"사이즈가 라희랑 비슷할 거 같은데. 재은이가 라희 스타일을 좋아하려나?"

엄마가 스키니진을 꺼내고 티셔츠를 꺼내고 패딩을 꺼내며 중얼거린다.

재은이는 엄마가 꺼내 준 옷을 군말 없이 갈아입는다. 마르고 쭉 뻗은 재은이에게 스키니진이 잘 맞는다.

'나보다 잘 어울려. 기분 나빠!'

나는 입을 삐죽거린다. 예전에 재은이 앞에서 했던 것처럼.

재은이는 옷을 갈아입고 거울에 비추거나 이리저리 돌아보지 않는다. 좋지만 엄마 아빠 앞에서 좋아할 수 없는 거다.

엄마 아빠는 재은이를 데리고 패밀리 레스토랑으로 간다. 외식을 하면 늘 내가 가자고 하는 곳이다.

"재은아, 뭐 먹을래?"

엄마가 재은이에게 메뉴판을 주며 묻는다.

"이런 곳에서 외식을 한 적이 없어서 뭘 먹어야 할지 모르겠어요. 엄마가 골라 주세요."

재은이가 메뉴판을 엄마에게 넘긴다.

"라희는 이거 좋아했는데. 재은이도 먹어 볼래?"

엄마가 메뉴판 사진을 짚으며 재은이를 본다.

"네. 좋아요."

재은이가 고개까지 끄덕이며 대답한다. 긍정의 뜻을 좀 더 잘 표현하기 위해서다.

치즈를 덕지덕지 얹은 스테이크가 나온다. 재은이는 치즈를 먹으면 안 된다.

나는 재은이가 답답하다. 엄마한테 치즈를 못 먹는다고 말 못하는 재은이가 바보 같다. 나는 재은이가 어찌할 계획인지 잘 알고 있다.

'재은이 너, 아토피 있잖아. 그러지 마. 힘들어. 그냥 참지 말고 치즈 안 먹는다고 말해. 빨리.'

내가 말해도 소용없지만 할 말 않고 참는 재은이가 나는 싫다.

재은이는 다소곳이 앉아 있다. 특별하게 할 말이 없어 말이 끊긴 상태라 어색한데 식당 안도 조용한 분위기다. 주문한 음식이 나온다.

"먹자. 맛있게 먹어. 재은이는 싫고 좋고 그런 게 분명하지 않은가 보네."

아빠가 재은이에게 말을 건넨다.

"네. 뭐 특별히 싫은 건 없어요."

재은이가 또 피식 웃는다. 대외용 억지웃음이다.

'싫은 거 없는 거 좋아하네. 먹고 가서 토할 거면서.'

나는 재은이를 비웃어 준다.

재은이는 음식을 허겁지겁 급히 먹기 시작한다.

"어쩜 먹는 거까지 라희랑 똑같니? 라희도 급히 먹는 스타일인데."

엄마는 음식엔 손도 안 대고 재은이가 먹는 것을 흐뭇하게 바라본다.

재은이는 그제야 음식을 단숨에 먹고 있다는 것을 의식한다. 벌써 반이나 먹은 상태다.

"죄송해요."

"아니다. 재은이 체할까 봐 엄마가 걱정돼 그러는 거다."

아빠가 거든다.

"네. 괜찮아요. 소화 잘 시켜요."

재은이는 나머지 스테이크를 뚝딱 해치우더니 급히 화장실로 간다.

재은이는 토악질을 해서 먹은 것을 죄다 토한다. 보육 엄마와 살면서 터득한 짓이다. 재은이가 먹기 싫은 음식을 먹고 나서 재빠르게 토한다는 것을 나는 이미 알고 있다. 그러나 지금은 먹기 싫어서가 아니다. 치즈 스테이크는 재은이가 좋아하는 음식이다. 값이 비싸기도 하고 아토피 반응 때문에 먹지 않을 뿐이다. 그러나 오늘은 먹기로 선택하고 먹는 즐거움을 즐긴 다음 아토피 반응이 일어날까 봐 재빠르게 토해 내는 고통을 감수한 거다.

'재은아, 네가 되새김질하는 소도 아니고, 참 독하다. 너.'

나는 재은이를 안쓰럽게 쳐다본다.

재은이는 세수를 하고 얼굴을 정리한 다음 엄마 아빠에게 재빠르게 간다.

"후식, 뭐 먹을래? 주스나 탄산음료. 뭐?"

엄마는 여전히 메뉴판을 들고 말한다.

"오렌지 주스요."

재은이는 침을 꼴깍 삼킨다. 목이 아픈 모양이다.

'그래. 목이 아플 때는 탄산보다 주스가 낫지.'

나는 고개를 저으며 혀를 찬다.

"저를 입양해 주셔서 감사해요."

재은이는 오렌지 주스 한 잔을 다 마시고 예절 바르게 말한다.

"재은아. 넌 이제 우리 딸이야. 라희랑 쌍둥이 우리 딸. 이라희,
이재은."

엄마가 웃는다.

"네. 그래서 감사해요."

"재은아, 라희는 엄마 가슴에 있어. 세월이 지나면 희미해지겠
지만 지금은 여기에 아직 생생하게 있어서 라희 이야기 자주 하게
될지도 몰라. 재은이가 이해해 줘."

엄마는 손바닥으로 가슴을 툭툭 치며 말한다.

엄마가 재은이를 나라고 착각하지 않아서 다행이다.

"여보, 다 먹었으면 집에 갈까?"

아빠가 엄마에게 말을 건넨다. 엄마가 감정에 빠져서 우울해질
까 봐 걱정되는 모양이다.

엄마가 고개를 끄덕이며 일어선다. 엄마도 자신을 잘 안다. 재은이가 우리 집에 온 첫날 외식인데 엄마가 우울해져서 아빠에게 예민하게 구는 모습을 보이고 싶지 않은 거다.

엄마와 아빠, 재은이가 차례로 현관에 들어선다.

재은이는 우리 집에 온 손님 같다. 어디가 어딘지 몰라 어리둥절하다.

"재은이는 이쪽 욕실을 써. 엄마 아빠는 안방에 있는 욕실을 쓸 거니까. 서랍장에 잠옷이랑 속옷 사다 넣어 놨어."

엄마는 피곤한 듯 거실 소파에 털썩 주저앉으며 말한다.

"네, 엄마. 쉬세요."

재은이는 내 방으로 들어간다.

엄마는 머리를 젖히고 눈을 감는다. 정말 피곤한 모양이다.

"재은아, 재은아!"

엄마가 소파에 앉은 채 조용한 목소리로 재은이를 부른다.

재은이가 거실로 조르르 달려 나간다. 용수철같이 탄력 있는 행동이다.

'선생님이 부르는 것도 아닌데 쟤가 왜 이리 바빠? 재은아, 엄마

한테는 그럴 필요 없어.'

나는 중얼거린다.

"너라면 어쨌겠니? 딸이 수학여행 안 간다고 했다면 달래서라도 보내지 않았겠니?"

"네. 그랬을 거예요."

재은이가 재깍 대답한다.

"내가 그랬다. 라희는 수학여행 가기 싫다고 했는데. 학교생활은 단체생활이니까 그렇게 마음대로 결석하고 그러는 거 아니라고 내가 달래서 보냈어. 그런 사고가 날 줄도 모르고. 바보같이 내가."

엄마의 목소리에 울음이 가득 찼다. 얼굴 위로 곧 굴러떨어질 눈물이 두 눈 가득 고여 있다.

'엄마, 제발. 그러지 마. 재은이한테 그런 말, 하지 마.'

나는 엄마를 본다.

"그렇다고 해서 사고 난 게 엄마 잘못은 아니에요."

재은이가 차분하게 말한다. 저 속 깊은 애가 엄마를 위로하며 자기 속상한 마음을 숨기고 있다. 지금 재은이는 엄마를 이해하려고 한다.

'엄마, 그건 사고였어. 엄마 잘못 아니야. 수학여행을 가기 싫다고 한 내가 잘못이지. 보낸 엄마는 잘못 없어.'

나는 재은이와 엄마 사이에서 안절부절못한다.

"엄마, 라희도 그렇게 생각할 거예요. 엄마 잘못 아니라고. 자책하는 엄마를 원하지 않을 거예요. 라희라면 분명히."

재은이는 여전히 차분한 목소리다.

"그래. 그럴지도 모르지. 재은이가 라희를 많이 아는구나. 재은아, 우리 집에 와 줘서 고맙다."

"엄마, 저를 입양해 줘서 제가 더 고마워요."

"그래. 우리 열심히 살아 내 보자."

엄마는 소파에서 일어나 재은이에게 다가가 가볍게 안아 주고 등을 토닥여 준다.

나는 엄마 저 품이 그립다. 나를 안아 주던 엄마 품에 훅 뛰어들고 싶다. 엄마 품에 안겨서 엄마 잘못 아니라고 괜찮다고 말해 주고 싶은데 그럴 수가 없다.

"재은아, 들어가 쉬어."

엄마가 애써 웃어 보이며 재은이를 놓아준다.

엄마는 오이씨보다 작은 알약 하나를 먹고 안방에 들어가 침대에 눕는다.

재은이는 샤워를 하고 내 방으로 간다. 젖은 머리를 수건으로 털며 방 여기저기를 두리번거린다. 책상 옆에 세워 둔 기타를 보더니 케이스를 열고 기타를 꺼낸다.

내가 현이 오빠랑 같이 가서 사 온 기타.

현이 오빠는 기타리스트가 되는 게 꿈이지만 장르를 정하지 못하고 부모님과 대치 중이다. 현이 오빠가 연주한 〈로망스〉 선율이 떠오른다.

재은이는 내가 현이 오빠를 만나게 된 극적인 이야기를 털어놓았을 때 무척 흥미로워했지만 지금은 기억하지 않는 모양이다. 기타 줄을 한 번 튕겨 보고 기타를 케이스에 넣어 두는 걸 보면.

재은이는 기타를 배운 적이 없는데 내가 틀린 것을 기가 막히게 찾아낸다. 음감이 뛰어난 재은이.

재은이는 책꽂이에 있는 책들을 하나하나 살펴본다. 그러다가 책꽂이 중앙에 있는 소원나무 상자를 보더니 소원나무 상자를 연다. 1번 열매는 엄마가 풀었기에 없어졌고 2번 열매에 손을 대려고 하다가 멈칫한다.

'괜찮아. 열어 봐. 그 열매 접는 법, 네가 가르쳐 준 거잖아. 재은

아, 앞으로 남은 소원을 너랑 엄마 아빠랑 같이 이뤄 줘. 이제는 그게 내 소원이야.'

나는 재은이에게 말한다.

재은이는 반응이 없다. 그러니까 내 말을 못 듣는 거다.

재은이는 침대에 가만히 눕는다. 침대를 써 본 적이 없는 재은이. 폭신하게 누워서 좋은 꿈을 꾸고 일어났으면 좋겠다.

바꿔치기 또 바꿔치기

재은이가 벌떡 일어나 앉는다. 잠이 오지 않는 모양이다.

"내가 아무리 라희 물건을 쓰겠다고 말했어도 그렇지. 어떻게 하나도 정리 안 하고 그냥 둘 수가 있어. 내가 진짜 라희 대신 살아야 하는 거야? 이건 아닌데."

재은이가 중얼거리고 한숨을 내쉰다.

기분 나쁠 만하다. 나는 재은이 마음을 충분히 이해한다.

'엄마 아빠가 재은이 말을 곧이곧대로 믿을 줄이야.'

하지만 엄마 아빠가 재은이를 동정하며 이 모든 것을 툭 던져 준 것은 아니다. 나를 추억하고 싶은 엄마 아빠 마음처럼 재은이도 나를 추억하고 싶다는 말을 듣고 내 물건을 그냥 두기로 결정한 거다. 재은이를 배려한 차원이다. 속옷과 양말, 침대 매트리스는 새것으로 다 바꾸어 놓은 걸 재은이가 아니까 마음이 곧 풀릴 거라 생각한다.

'입양은 가정위탁 보육과 뭐가 다를까?'

재은이는 생각한다.

입양은 일정 시간이 지나 파양되면 그만이고 가정위탁은 일정 기간이 지나면 양육자가 바뀔 수도 있으니까 별로 다를 것도 없지만 재은이는 정식으로 평생 부모가 생기기를 기대해 왔다. 우리 엄마 아빠 정도라면 전폭적인 지지를 받을 수 있고 든든한 버팀목이 되어 줄 것도 같아 크게 망설이지 않고 입양을 결정했다. 하지만 내 그림자가 너무 많이 드리워진 공간에서 살게 되는 건 무척 부담되는 일임은 틀림없다.

'내가 함께 있어 주면 재은이가 저런 생각을 안 할 텐데.'

나는 재은이가 안쓰럽다.

재은이는 침대 위에 올려 둔 소원나무 상자를 들여다본다. 2번이라고 쓰인 열매를 꺼내 펼친다.

두 번째 소원
반에서 왕따 도와주기

'뭐야? 왕따 도와주기라니. 이게 무슨 소원이야? 노력한다고 표가 나는 일도 아니잖아. 라희는 마니또가 되어 나를 도와줄 셈이었군.'

재은이는 불을 켜고 서랍을 뒤져 색종이를 찾는다.

무엇이든 1등 해 보기

재은이는 내 글씨를 흉내 내 색종이에 써 넣는다. 그러고는 열매를 접어 나무에 붙인다. 상자를 닫고 책꽂이 중앙에 갖다 놓는다.

'역시 재은이는 머리가 좋아.'

나는 손뼉을 치며 좋아한다.

하지만 기분이 별로다. 내 소원을 왜 재은이가 고쳐 놓고 시치미를 떼는지 이해가 되지 않는다. 재은이가 이렇게 엉큼한 애였나 생각하니 배신감이 든다. 나머지 다른 소원도 재은이가 다 고쳐 놓을까 봐 걱정이 된다. 만약 재은이가 고쳐 놓는다면 내 소원은 물거품이 되는 거다. 이뤄진다 해도 그건 내 소원이 아니고 재은이 소원이니까.

나는 엄마가 잠들지 말고 내 방에 빨리 와서 소원나무 열매를 다 열어 봤으면 좋겠다. 재은이가 나를 존중하지 않는 거에 대한 분노가 불길처럼 일어난다.

'내 소원을 함부로 바꿔 놓다니. 이건 아니지. 진짜 아니지. 재은이 너, 이런 애였어? 나를 이렇게 무시해도 되는 거야? 원래대로 해 놔. 당장.'

나는 소리친다. 소용없는 거 알지만 가만히 있을 수가 없다. 나는 부리나케 엄마에게 간다.

'엄마, 자지 마. 지금 잘잘 때가 아니야. 내 방에 가서 소원나무 상자 좀 열어 보란 말이야. 엄마!'

나는 엄마에게 소리친다.

소용없다. 하지만 난 뭔가 하고 싶다. 해야만 한다. 나는 엄마 주위를 맴돌다가 내 방으로 간다.

재은이는 침대에 누워 골똘히 생각에 잠겨 있다.

'무엇이든 1등을 하면 엄마 아빠에게 빨리 인정받을 수 있을 거야. 그러니까 무엇으로 1등을 해 볼까? 내가 잘하는 종이접기? 종이접기 대회에서 1등을 해도 성적에 들어가는 것도 아니고. 달리기? 달리기로 상장을 받아도 성적에는 안 들어가니까 엄마 아빠가 인정하지도 않을 거고.'

재은이는 이런저런 생각을 하고 있다. 그러더니 침대에서 벌떡 일어난다. 책상 위에 있는 것들을 몽땅 정리해 서랍에 넣는다. 책상 위에는 아무것도 없이 깔끔하다.

나는 내 방 정리를 제대로 해 본 적이 없다. 책상에 널브러진 샤프나 볼펜 등을 꽂이에 세우는 게 고작이고 책은 위로 그냥 쌓아 놓으면 정리는 끝이다. 나머지는 엄마의 몫이라고 생각해 왔다.

재은이는 책상 위에 아무것도 없게 휑하게 정돈한 상태가 마음에 드는 모양이다.

'책상 위에 너저분하게 놓인 것들이 서랍 어디로 다 들어간 걸까? 어떻게 저렇게 할 수가 있지?'

신의 손이다. 나는 흉내조차 낼 수 없는 일이다.

재은이는 소원나무 상자를 책상 위에 내려놓는다.

나는 재은이가 뭘 하려고 그러는지 지켜본다. 책꽂이에 있는 책을 동화와 소설로 구분하면서 방바닥에 내려놓고 책꽂이를 물휴지로 닦고 마른 휴지로 문지른 다음 책의 키를 맞춰 가며 나란히 세워 꽂아 놓는다.

'야, 정재은, 아니 이재은, 그러지 마. 난 책을 그렇게 키 맞춰 놓는 거 싫어해. 전집 같잖아. 낱권은 울퉁불퉁하게 세워 놓는 매력이 있다구. 내 말 듣고 있어? 못 들은 척하는 거야? 아, 진짜 미치겠네. 너 내 물건 그냥 쓰기로 했다며? 그럼 그냥 써도 되잖아. 무슨 환자처럼 책을 그렇게 키를 맞춰 놔야 직성이 풀려? 그런 거야?'

나는 재은이 곁에 바투 서서 투덜댄다.

재은이는 일에 집중한다. 내 말이 들렸다 하더라도 전혀 상관하지 않을 것 같은 태도다.

재은이는 일을 참 잘한다.

나는 재은이가 하는 것을 지켜본다. 숨이 막힌다. 수학여행 갔을 때 사고 당시처럼 아찔하고 정신이 없다.

관광버스가 뒹굴 때 난 이어폰을 꽂고 음악을 듣고 있었다. 갑자기 어지러워지더니 가슴이 답답하고 숨을 쉴 수가 없었다. 누군가의 손을 잡았다가 놓치고 눈을 떴을 때 나는 집에 와 있었다. 순식간에 일어난 일이었다. 그때부터 나는 목소리를 잃었고 엄마 아빠는 내 말을 듣지 못했으며 나의 존재조차 알지 못했다.

나는 그 누구와도 소통할 수 없게 되면서 느낀 그 답답함을 지금 다시 느낀다. 너무 답답해서 주먹으로 가슴을 친다.

재은이는 책꽂이 정리를 다 해 간다. 책들이 반듯하게 가지런히 착착 세워진다. 재은이는 손으로 하는 직업을 갖는다면 분명 크게 성공할 것이다. 나는 확신한다.

재은이가 방문 손잡이를 살그머니 비틀어 열고 나간다. 엄마 아빠가 깰까 봐 조심하는 행동이다. 손을 씻고 들어와 거울 앞에 앉는다. 화장품 뚜껑을 열어 툭툭 쏟아 손에 듬뿍 바른다.

'그거 상했을지도 몰라. 얼굴엔 바르지 마. 핸드크림처럼 손에만 발라. 너 아토피 있잖아. 얼굴에 트러블 날까 봐 그래.'

나는 퉁명스런 말투지만 재은이를 걱정한다.

재은이는 내 말을 알아듣기라도 한 것처럼 얼굴에 바르지 않는다. 손등을 비비며 삭 스며들어 보송보송한 화장품의 질감을 느낀다. 끈적이지 않아 좋은 모양이다.

'재은이 너, 나한테 그러는 거 아니야. 내 소원을 바꿔 놓는 게 말이 되니? 엄마 아빠한테 인정받고 싶은 마음이 커도 그렇지. 이건 아니지. 너만의 방법을 찾아. 그러니까 내 소원, 빨리 돌려줘.'

나는 시무룩하게 말한다.

재은이는 엄마 성향을 잘 알고 있다. 엄마가 나에게 거는 기대가 어마어마하게 크다는 것도 알고 있다. 뭐든 상위권이 되어야 직성이 풀린다는 것까지 다 파악하고 있다. 내가 엄마하고 갈등이 있을 때마다 재은이에게 엄마에 대한 모든 이야기를 다 말했기 때문이다.

재은이가 책상에 가 앉는다. 소원나무 상자를 가만히 들여다보더니 뚜껑을 연다.

'뭐야? 또 바꿔치기 해 놓을 생각이야? 세 번째 소원부터 몽땅 다?'

나는 재은이를 노려본다.

"라희야, 미안해. 내가 너의 것을 다 갖고 싶었어. 몽땅 다. 엄마 아빠, 너가 가졌던 모든 것. 하지만 네 소원은 갖고 싶지 않았어. 이해해 줘."

재은이가 중얼거린다.

'알아. 네 마음. 가족이 자꾸 바뀌면서 네가 늘 불안했던 거, 내가 알지. 그래. 어차피 내 것이라도 내가 가질 수 없으니까 내 소원도 다 바꿔서 네 소원으로 해. 내가 양보할게.'

나는 그렇게 말했지만 정말 양보할 생각은 없다.

"라희야, 미안해. 내가 잘못 생각했어. 내가 이렇게 빨리 속물이 될 줄은 나도 몰랐어. 진짜 미안해. 내 소원은 아주 단순한 거 알지? 내 방 갖는 거, 나 혼자 침대 쓰는 거. 뭐 그런 것들이잖아."

재은이는 중얼거리며 소원나무를 꺼낸다.

'이해한다니까. 괜찮아. 나도 이젠 속이 풀렸어. 아까는 많이 속상했는데.'

나는 재은이가 내 소원을 다 바꿔도 권리를 주장할 수 없으니 재은이가 하는 대로 내버려 둬야 하는 수밖에 없다.

"라희야, 미안해. 내가 네 몫을 다 해낼게."

재은이는 훌쩍이며 눈물을 닦는다.

'뭐 그렇다고 울 거까지는 없는데.'

나는 체념한다.

재은이는 자기가 쓴 두 번째 소원을 떼 내고 내가 쓴 두 번째 소원 열매 색종이를 펼쳐 들여다본다.

반에서 왕따 도와주기

'재은이 너, 뭐하는 거야? 왜 그래?'

나는 벌떡 일어난다.

"라희야, 너 덕분에 내가 네 부모님에게 입양됐잖아. 진심으로 해야 내가 진짜 딸이 되는 거잖아? 거짓은 언젠가는 밝혀질 테니까. 아까는 순간적인 유혹에 빠졌어. 가정위탁 보육 엄마처럼 거짓으로 사람을 대하면 언젠가는 밝혀지니까 나는 진심으로 살겠다고 다짐했는데. 라희야, 미안해."

재은이는 접힌 선대로 열매를 접어 있던 자리에 붙이며 중얼거린다. 그러고는 자기가 쓴 소원을 떼어 갈기갈기 찢어 분무기로 물을 뿌리고 손바닥에 비벼 너덜너덜 형체가 없게 만들고 휴지통에 버린다. 소원나무 상자를 닫아 책꽂이 중앙에 넣어 둔다.

'그래. 재은아, 잘 생각했어. 가정위탁 보육 엄마 때문에 너 그동안 얼마나 힘들어했니? 거짓으로 살면 안 되지. 내 친구. 아니 쌍둥이 내 동생.'

나는 재은이에게 바짝 다가간다. 재은이가 빨리 정신 차려서 정말 다행이다.

재은이가 침대에 눕는다.

'재은아, 잘 자. 너는 너의 방, 너만의 공간을 가져 보는 게 소원이었잖아. 너만의 침대를 가져 보는 것도 간절히 원했잖아. 너만의 공간에 나도 함께 있지만 너는 느끼지 못하니까 너만의 공간에 너 혼자 있는 거야. 우리 집에 온 첫날인데. 좋은 꿈 꿔. 좋은 생각만 하고. 앞으로 좋은 일만 생길 거야'

나는 재은이가 행복해졌으면 좋겠다. 우리 집에서 엄마 아빠하고 단란하게 잘 살았으면 좋겠다. 재은이 숨소리가 들숨 날숨 고르게 들린다. 깊은 잠에 빠진 듯하다.

나는 담임을 떠올린다. 엄마 아빠가 학교에 찾아갔을 때 엄마 앞에서 죄인처럼 쩔쩔매던 담임의 슬픈 표정이 내 가슴을 먹먹하게 한다. 엄마가 담임 앞에서 팽하고 몸을 돌려 나갈 때 '라희 어머니!' 하고 부르며 엄마의 뒷모습을 간절한 눈빛으로 바라보던 담임 얼굴.

밤이 깊어 간다.

밤의 빛이 점점 푸르게 변해 간다. 푸른빛은 새벽이 오는 증거다. 푸른빛이 점점 엷어지더니 사라지면서 희미한 빛이 보인다. 그 빛이 온 누리에 내려와 환해진다.

늦은 아침이다.

재은이가 일어나 방을 나간다. 커피 향이 가득하다. 싫지 않은 듯 코를 찡긋하며 숨을 들이마시고 미소를 짓는다.

아빠는 거실 소파에 앉아 커피 잔을 든 채 신문을 보고 있다. TV는 TV대로 소리를 왕왕 내고 있다.

"아빠, 안녕히 주무셨어요?"

재은이가 먼저 말을 건넨다.

"응, 그래. 잘 잤니? 불편하지는 않았고?"

"네. 침대가 아주 푹신하고 좋았어요. 저는 그동안 침대를 쓰고 싶었거든요."

재은이는 서서 아빠를 손님 대하듯 한다.

"그랬구나. 엄마가 매트 새 것으로 다 갈아 놨어. 생색내는 거 같지만 엄마 아빠 마음을 알아줬으면 해서 하는 말이다. 오해 마라."

"네. 그럼요."

"엄마는 아직 안 일어났다. 토요일이니까 늦잠 자도 되는데 재은이가 일찍 일어났어."

"저는 늦게 일어난 거예요. 아빠, 저랑 아침 식사 준비할까요? 엄마가 깜짝 놀라게요."

"좋아. 냉장고에 뭐가 있나 봐야겠다."

아빠가 부엌으로 가며 말한다.

"네. 세수하고 나올게요."

재은이가 욕실로 들어간다.

아빠는 냉장고에서 반찬을 만들 재료들을 꺼낸다.

"아빠, 뭐 만들 거예요?"

재은이가 욕실에서 나와 아빠 곁으로 다가가며 묻는다.

"재은이는 이 재료들로 만들 수 있는 거 있니? 장 본 지가 오래
돼서 식재료가 별로 없다."

"저는 계란 오믈렛 할 수 있어요."

"그래. 아빠는 참치 동그랑땡."

아빠가 필요한 물건들을 꺼내 식탁에 분류해 놓는다. 아빠와 재
은이는 요리 경연 대회라도 하듯 진지하다.

"뭐가 이렇게 시끄럽고 부산해? 재은이 잘 잤니?"

엄마가 잠이 덜 깬 듯 얼굴을 찡그리며 방에서 나온다.

"네. 잘 잤어요. 아빠랑 아침 준비해요."

"보지도 않는 TV는 왜 켜 놔? 시끄럽게. 밥은 앉혔어?"

엄마가 왕왕대는 TV를 끄고 묻는다.

"아, 밥할 생각을 못했어."

아빠가 일하던 손을 멈추고 엄마를 보며 어이없이 웃는다.

"초보들이 그렇지 뭐. 내가 할게."

엄마가 쌀을 씻어 밥솥에 올린다.

그때 초인종이 울린다. 누굴까? 엄마가 인터폰을 확인한다.

"사회복지사가 연락도 없이 무슨 일이지?"

엄마가 방에 들어가 핸드폰을 확인한다.

"연락이 왔었네. 문자도 오고. 진동이라 내가 몰랐구나."

엄마가 잠옷을 실내복으로 갈아입고 현관문을 연다.

사회복지사가 들어온다.

"점심 식사 준비하시나 봐요?"

사회복지사가 어지러운 식탁을 보며 묻는다.

엄마가 거실로 안내하고 아빠가 커피를 내오고 재은이까지 거실에 앉는다.

"원래는 한 달 정도 되면 방문하는데 제가 좀 일찍 왔어요. 재은이 학생이 궁금하기도 하고 근처에 올 일이 있어서 왔다가 가까운 거리라서 들렀어요."

"잘하셨어요. 상담 선생님과 이야기하면 재은이도 안심될 거예요. 재은이가 표현 안 해 그렇지 낯선 환경에 얼마나 불안하겠어요."

엄마가 대답한다.

재은이가 엄마를 보고 고개를 가로저으며 웃는다. 불안하지 않다는 뜻이다. 사회복지사는 명함을 한 장 내놓고 상담이 필요하면 언제든지 연락 달라면서 일어선다.

엄마 아빠와 재은이는 사회복지사를 배웅하고 나자 서먹해진 것을 느낀다. 그때 밥솥에 압력 된 김이 빠지며 꼭지가 뱅글뱅글 돈다.

"얼른 반찬 만들어 밥 먹자. 배고프다."

아빠가 부엌으로 가자 재은이도 따라 부엌으로 간다.

엄마는 두 사람의 뒷모습을 물끄러미 보고 서 있다가 피식 웃는다. 쓸쓸하지만 안심하는 미소다.

내 목소리가 들려요?

울음소리가 들린다. 누군가 울고 있다. 애써 참다가 터진 듯 울음이 목구멍에 걸려 컥컥대며 흐느낀다.

'누구지? 여기는 어디지?'

나는 두리번거린다. 처음 보는 낯선 환경이다. 책상에 앉아 손바닥으로 얼굴을 가리고 울고 있는 사람, 머리를 질끈 묶은 뒷모습이 익숙하다. 그때 여자가 휴지를 뽑아 눈물을 닦고 코를 팽 풀어버린다.

'담임이다. 내가 어떻게, 여기에 와 있지?'

나는 담임을 바라보며 중얼댄다.

담임은 한잠도 못 잔 얼굴이다. 책상 서랍에서 작은 약통 하나를 꺼내 들고 한동안 숙연하게 내려다본다.

'뭐지? 엄마가 먹는 안정제, 수면유도제 뭐 그런 건가?'

나는 담임을 지켜본다.

담임은 알약을 통째로 손바닥에 훅 쏟는다. 한 움큼이다. 담임은 천천히 아주 천천히 생수 물병 뚜껑을 딴다. 우울하고 절망스런 얼굴이다. 이 세상에서 희망을 찾지 못한 흙빛 얼굴이다.

'안 돼요. 선생님. 이러면 진짜 안 돼요.'

나는 소리치며 담임 곁으로 훅 다가가 손을 있는 힘껏 탁 내려친다. 담임 손은 약을 든 채 그대로지만 담임이 벌떡 일어나 두리번거리며 천천히 제자리를 한 바퀴 뺑그르르 돈다. 그러고는 머리를 후루룩 턴다. 술을 마시고 혼미해지는 정신을 잡으려고 애쓰는 아빠 같은 딱 그 모습이다.

'내 목소리가 들리나?'

나는 손톱만큼의 희망을 갖고 담임을 본다.

담임은 힘없이 의자에 털썩 주저앉는다.

'담임이 내 존재에 대한 뭔가 느낌이 있는 것 같은데.'

나는 담임 주위를 맴돈다.

하지만 담임은 잠잠하게 앉아만 있다.

'내 목소리가 들리지도 않고 내가 보이지도 않나 보네.'

나는 실망한다. 담임이 내 존재를 알아차리는가 싶어 반짝 기대했는데 아무것도 기대할 수 없게 되어 절망스럽다.

담임이 손에 움켜쥔 약을 또 내려다본다. 그러더니 순식간에 한 입에 훅 털어 넣는다.

'안 돼요. 선생님, 빨리 뱉어요. 뱉어 내요. 죽으려는 거잖아요. 안 돼요. 죽음이 끝이 아니란 말이에요. 죽을힘으로 살아요. 살아내야만 해요.'

나는 담임 목을 잡고 뒹군다.

담임이 물을 마시려고 손을 내뻗다가 고통스러운 듯 입을 열고 컥컥대며 헛구역질을 한다. 약이 뱉어진다.

'네, 그렇게 뱉어요. 다 쏟아 내요.'

"너, 누구야? 너 누구냐고?"

담임이 헉헉대며 소리친다.

'딴소리 말고 약 빨리 다 뱉어 내요. 한 알도 남김없이 다 뱉어 내면 내가 누군지 알려 줄게요.'

나는 여전히 담임 목을 움켜잡고 있다.

담임이 물병을 잡으려고 손을 또 내민다.

'물 마시면 안 돼요. 입안에 붙은 약이 물에 쓸려 넘어간단 말이에요. 약 한 알도 없어야 물 먹을 수 있어요. 몽땅 뱉어 내요. 빨리요. 물 마시다가 약 삼키면 큰일이에요.'

나는 여전히 큰 소리로 말한다.

담임이 화장실로 달려가 변기에 대고 컥컥 토한다. 약이 또 뱉어진다. 입천장에 붙은 것과 어금니 쪽 볼에 붙은 것까지 모두 뱉어진다.

담임은 수도를 틀고 세면대에 받아지는 물을 물끄러미 바라본다. 물이 넘침 방지 구멍으로 또르르 또르르르 흘러가는 소리가 요란하다. 수도를 틀어 놓고 세수를 하더니 세면대에 머리를 푹 박고 소리 내 엉엉 운다. 울음소리가 점점 커지고 마침내 세면대를 붙들고 통곡을 한다.

엄마는 울음소리조차 못 내고 힘없이 늘어져 있었는데 담임이 울 힘이 있는 걸 보니 약간은 안심이 된다. 하지만 우울한 사람은 힘이 생길 때 더 조심해야 한다. 기운이 없을 때는 죽을 생각조차 할 수 없지만 기운이 생기면 그때 죽음을 생각하기 때문이다.

나는 담임을 방해하지 않을 생각에 화장실을 빠져나간다. 실컷 우는 것은 우울감을 없애는 방법 중 하나니까 실컷 울게 둘 참이다. 내가 세상에서 사라진 뒤 지금까지 버텨 온 담임을 보면 분명 사고의 고통을 이겨 내려고 노력했음이 틀림없다.

나는 실내를 두리번거린다. 담임 집은 아주 작다. 원룸 같지만 원룸이 아닌 작은 아파트. 큰방 하나, 작은방 하나 사이에 싱크대가 놓인 부엌이 있고 거실이 없는 작은 집이다. 담임 혼자 살기엔 작지 않은 이 집에서 담임이 지금 울고 있다.

'왜? 무엇 때문에 우는 걸까?'

담임이 얼굴에 물기를 닦지도 않고 화장실에서 나온다. 부석한 얼굴이다. 엄마처럼 불면증 때문에 잠을 잘 수 없는 모양이다.

엄마가 재은이를 알아보려고 학교에 갔을 때 죄인처럼 쩔쩔매던 담임 모습이 생각난다.

'불쌍한 울 선생님. 혼자 얼마나 힘들었으면.'

하지만 극단적인 마음을 먹고 스스로 죽음을 선택하는 건 옳지 않다. 죽을 용기로 살아야 한다. 독하게 마음먹고 온 힘을 다해 열심히 살아 내야 한다. 그게 세상에 태어난 사람의 의무이고 사명이다. 이 말은 아빠가 엄마에게 해 준 말이다. 멋진 말이다. 아빠는 참 멋진 아저씨다.

담임은 방에 들어가 바닥에 흩어진 알약을 물휴지로 닦아 내고 남의 침대에 빌붙어 자는 것처럼 침대 한 귀퉁이에 칼처럼 눕는다. 한바탕 벌인 소동이 꿈결처럼 아득하게 느껴지는가 보다. 부석하게 뜬 곱슬머리를 물 묻은 손바닥으로 쓸어 넘긴다. 머리카락이 차분해진다. 담임 얼굴이 시원해 보이기까지 한다.

담임이 눈을 감는다. 잠이 올 것 같지 않지만 잠을 청해 본다. 몸을 돌리며 뒤척인다. 잠은 안 오고 마음이 불안해지는 거다.

'선생님, 너무 힘들어 마세요.'

"내가 널 구했어야 했어. 널 포기하지 말았어야 했어. 분명히 내가 손을 잡았는데 그 손을 왜 놓쳤을까? 분명히 잡았는데 왜 놓쳤을까?"

'선생님 잘못이 아니에요.'

"라희야!"

담임이 내 이름을 부르며 벌떡 일어나 앉는다.

'선생님!'

나도 깜짝 놀라 소리친다.

"내가 미쳤나 봐. 환청이 들리다니, 내가 드디어 미쳐 가고 있어. 라희 목소리가 들리다니."

담임이 침을 꿀꺽 삼키고 심호흡을 하며 숨을 크게 몰아쉰다. 진정하려고 한다. 내 목소리가 들리니까 놀란 가슴을 진정시키려는 행동이다.

　나는 담임에게 말을 또 걸까 하다가 그만둔다. 담임이 너무 놀라서 기절할까 봐 걱정된다. 나는 담임이 말을 걸어올 때까지 그냥 있기로 한다. 하지만 입 다물고 있으려니 할 말이 자꾸 생각난다. 기운을 내라고 말하고 싶고 내가 왜 담임 옆에 있게 됐는지 말하고 싶어진다. 하지만 내가 담임에게 어떻게 왔는지는 나도 잘 모른다. 그냥 눈을 떠 보니 담임 옆에 있었으니까 어떻게 설명해야 할지 모르겠다.

　담임이 몸을 뒤척인다. 나는 담임에게 말을 걸고 싶지만 아무 말도 하지 않는다. 담임이 생각을 정리해 먼저 말할 때까지 기다리기로 한다. 침묵이 오래 지속되는 동안 담임은 숨을 크게 들이마셨다가 내뿜고 또 들이마시기를 반복한다. 가슴이 무척 답답한가 보다.

　"라희야, 미안하다. 난 지금 살아가는 것이 죽을 만큼 힘들다."

　담임이 중얼거린다.

　'그래도 살아 내야 해요.'

내가 대답한다.

담임이 벌떡 일어나 앉는다.

"내 말에 분명히 대꾸를 했어. '그래도 살아 내야 해요.' 이렇게. 내가 미친 게 아니야. 난 미치지 않았어. 내가 왜 이러지? 잠을 못 자서 그런가? 하지만 분명히 라희 목소리가 들렸어. 내가 진짜 왜 이러는 거지?"

담임이 혼잣말을 중얼거린다.

나는 담임에게 말을 해야 하나 말아야 하나 잠시 갈등한다. 엄마, 아빠, 재은이 모두 내 말을 듣지 못하는데 담임은 내 말을 듣는다. 이건 아주 놀라운 일이다. 기적에 가깝다. 그러니까 담임과 대화할 수 있는 기회를 놓치면 안 된다. 담임과 소통해야 한다.

'하지만 담임이 놀라 기절하면 어떡하지? 괜찮아. 괜찮을 거야. 담임은 보기보다 강한 사람이니까.'

나는 나에게 묻고 대답한다. 담임과 소통하고 싶은 마음이 너무 커서 담임을 걱정하는 마음을 빨리 접고 괜찮다고 마무리까지 해 버린다.

'선생님, 제 목소리가 들려요? 제 목소리가 들리는 거죠? 그러니까 선생님은 미친 거 분명 아니에요. 저, 라희예요.'

"라희라고? 라희?"

담임이 침대에서 서서히 내려온다. 멍한 얼굴로 사방을 두리번거리며 방 여기저기를 샅샅이 돌아본다. 아무리 돌아봐도 내가 보이지 않자 균형 잃은 강아지처럼 제자리를 뱅뱅 돈다. 그러더니 털썩 주저앉는다. 놀란 표정은 역력한데 생각보다 침착하다.

"라희야, 미안해. 내가 너를 구하지 못했어."

담임이 어지러운 듯 침대에 머리를 기대며 말한다.

'선생님 잘못이 아니에요.'

"아니, 내 잘못이야. 내가 잘못한 거야."

담임이 고개를 강하게 젓는다.

'선생님 잘못이 아니에요. 절대.'

"아니, 내 잘못이야. 내가 수학여행을 기획했어. 너희들에게 새로운 경험을 하게 해 주고 싶었는데……."

'힘내요. 선생님.'

"그래. 힘을 내야지."

담임은 혼자 중얼거리며 침대에 눕는다. 기운이 하나도 없다. 앙상하게 드러난 쇄골이 안쓰러울 정도로 말랐다.

"라희 목소리가 내게 들리다니. 그럴 리 없어. 환청이야. 내가 잠을 못 자서 그런 거야."

담임이 중얼거린다.

"이렇게 사는 것도 힘들고, 죽지도 못하고, 대체 나보고 어쩌란
거야."

담임이 벌떡 일어나 앉는다.

"그래. 약을 뱉어 내라고 분명히 소리쳤어. 그 목소리도 라희 같
았는데. 아악, 나 미치겠네."

담임이 두 손으로 머리를 벅벅 긁으며 신경질을 낸다. 그러더니
또 벌러덩 드러누워 눈을 감는다.

나는 담임이 밤새도록 저럴지도 모른다고 생각한다. 혼란이 좀
진정될 때까지 그냥 둘 생각이다. 나는 담임이 앉았던 책상에 앉
아 담임이 잠을 자든지 현실을 인정하든지 뭐든 결정이 될 때까지
기다리려고 한다. 책상에 담임이 쓴 낙서가 놓여 있다.

나는 담임이 써 놓은 낙서를 들여다본다. 수학여행 일정을 기획
하고 진행한 것이 담임이고 그 사고 때문에 크게 다친 아이들과
목숨을 잃은 나를 생각하며 자책하는 글을 써 놓은 거다.

그때 내가 더 힘을 내어 라희를 끌어냈더라면 구할 수 있었을 텐데.

손이 닿았는데 라희 손을 잡았는데 어쩌다 놓쳤을까?

라희 손을 놓치지 말았어야 했어.

라희를 두고 버스에서 나오지 말았어야 했어.

나 살자고 라희를 포기하고 말았어.

죽어도 같이 죽고 살아도 같이 살았어야 했는데,

그 순간 난 왜 그 생각을 못했을까?

나 자신을 지키려는 본능에 교사의 사명감을 잃어버렸어.

나는 담임을 본다.

담임이 눈을 뜨고 껌뻑이더니 또 벌떡 일어나 앉는다.

"라희야, 라희야!"

담임이 내 이름을 부른다.

나는 대답하지 않는다. 담임이 몹시 불안해 보이기 때문이다.

"꿈이었나 봐. 역시 꿈이었어. 꿈이니까 환청도 아닌 거야."

담임이 미끄러지듯 힘없이 또 드러눕는다.

나는 담임에게 꿈이 아니라고 내가 담임 곁에 있다고 소리치고
싶지만 꾹 참는다.

"라희야, 나도 살고 싶어. 사람들이 내가 뻔뻔하다고 손가락질

을 해도 나는 살고 싶어. 하지만 자신이 없다. 잘 살아 낼 자신이
없어."

담임이 중얼거린다. 짧은 숨을 몰아쉬며 눈을 감는다.

'선생님, 살아 내 주세요. 저를 위해 할 일이 반드시 있을 거예
요. 할 일이 없다 해도 선생님은 그 지옥에서 살아남았으니까 살
아야 해요.'

나는 간절함을 담아 담임 말에 대꾸한다.

담임이 또 벌떡 일어나 앉는다.

'선생님, 제 목소리가 들리는 거죠? 분명히 그렇죠?'

"그래. 라희야. 너, 어디 있니?"

담임 얼굴이 심각하고 진지하다. 환청이라고 의심하지 않고 꿈
이라고 둘러대지도 않는다. 그러나 곧 울 것같이 일그러진 표정을
짓고 있다.

'저는 지금 책상 앞에 앉아 있어요.'

나는 담임 얼굴을 보며 말한다.

담임은 멍한 눈으로 나를 향해 고개를 돌린다. 눈동자에 초점이
없는 걸 보니 나를 보지 못하는 게 틀림없다.

"라희야, 내가 널 구하지 못했어. 미안해. 내가 잘못했어. 널 그

렇게 빨리 포기하지 말았어야 했는데. 내가 진짜 잘못했어. 라희야, 날 용서하지 마. 내가 수학여행을 기획하지만 않았어도. 아니야. 난 이 죄책감에서 벗어날 수가 없어."

담임 얼굴이 심하게 일그러지며 고개를 가로 젓는다. 현실을 부정하고 싶은 거다. 이불을 끌어당겨 껴안고 데굴데굴 구르며 괴로워한다. 엄마만큼 힘들어한다. 불면증에 시달리고 죄책감에 시달리다가 엄마는 몇 번이나 기절했다가 깨어났다. 현실을 인정할 수 없어서 죽지 못해 사는 이 사람들이 감당해야 할 고통의 무게가 너무 버거워 보인다.

'선생님 잘못 아니에요. 내가 운이 나빴어요. 제발 힘을 내세요.'

아프다. 돌아가고 싶다. 하지만 돌아갈 수가 없다. 이미 갈라진 운명, 돌아갈 길이 없다.

"그래. 힘을 내야지. 내가 할 일을 찾아야지. 내가 산 이유가 분명히 있을 거야."

담임이 정신을 가다듬으려고 자기 암시를 하는 중이다.

"라희야, 넌 특별한 아이야. 지금 내게 온 이유가 분명히 있을 거야. 힘을 합쳐 우리가 할 일을 해 보자."

담임 말이 불안하다. 갑자기 뭔 일을 해 보자니 할 일이란 게 대체 뭘까? 참 뜬금없다.

하지만 담임은 지금 무척 진지하다. 내 목소리가 들리는 게 꿈이 아니고 환청이 아니라는 것도 확인하고 진지하다.

"라희야, 그 날 사고. 좀 이상해. 내 말 듣고 있니?"

'네. 선생님, 말씀하세요.'

"경찰에서는 그 날 사고를 운전자의 졸음운전 때문이라고 매듭 지었지만 졸음운전 아니야."

'졸음운전?'

"응. 졸음운전. 그 날 일, 나 똑똑히 기억해. 내가 운전석 뒤에 앉았거든. 기사 본인도 소풍 가듯 콧노래 부르며 운전했는데 무슨 졸음운전이야."

'선생님, 그런 말은 경찰에게 했어야죠.'

"했어. 내가 왜 안 했겠어. 내가 병원에 입원했을 때 경찰들이 날 찾아왔어. 그때 내가 정신이 좀 없긴 했지만 이런 말, 다 했어. 하지만 아무도 내 말을 안 믿어. 사고 충격 때문에 내 정신이 온전하지 않다는 거야."

'선생님 말을 왜 안 믿을까요?'

"몰라. 하지만 안 믿는 건 분명했어. 나쁜 자식들. 내 정신이 뭐

어때서. 나 멀쩡한데."

담임이 힘을 주어 말한다.

담임은 정신이 멀쩡하다. 그러나 멀쩡해 보이지 않는다. 그 이유를 나도 잘 모르겠다.

'선생님, 내 목소리 들린다는 말 어디 가서 하지 마세요. 우리 엄마 아빠한테도 말하지 않는 게 좋겠어요.'

"미친 사람 취급받을까 봐?"

'네. 사고 충격이라고 하면 할 말 없잖아요.'

"하지만 운전기사는 졸음운전이 진짜 아니야. 운전기사가 콧노래 부르다가 갑자기 졸려서 사고를 내? 말도 안 돼."

'그러니까 경찰이 생각하는 사고 원인이 졸음운전이에요?'

"응. 졸음운전으로 매듭지었어. 운전자 실수, 뭐 그런 거지."

'하지만 선생님 말뜻은 사고 원인이 따로 있다, 뭐 그런 거예요? 기사 본인이 졸음운전 아니라고 하면 됐을 텐데. 왜 인정했을까요?'

"응. 그게 이상해. 졸음운전 아닌 거 본인이 더 잘 알 텐데. 왜 그렇다고 했는지 모르겠어."

'냄새가 나요. 냄새가 나.'

"사고 나기 전에 더러럭, 그런 소리가 났어. 그 소리는 너도 들었을 거 아니야?"

'저는 이어폰 끼고 있어서 아무것도 몰라요. 다른 애들 중에 그런 소리 들은 애들이 있지 않을까요?'

"학교 측에서 막은 거 같아. 일 크게 안 벌이려고 쉬쉬한 눈치. 참고인 조사로 경찰에게 불려 간 건 나밖에 없어. 경찰은 내가 하는 말에 고개만 끄덕였고 별다른 반응이 없었어. 사건 조사가 진실을 밝힌다는 것보다 형식적인 절차 같다는 느낌을 받았어. 일 커져서 좋을 게 뭐 있겠어. 빨리 정리하고 덮는 게 모두에게 좋다 생각한 거겠지."

'선생님, 우리가 그걸 밝혀요. 운전자가 왜 졸음운전이라고 인정했는지.'

"그래. 자기가 덮어썼다면 분명히 그럴 만한 이유가 있겠지. 라희야, 우리가 수업 시간에 이렇게 대화를 할 수 있었다면 얼마나 좋았을까?"

'그러게요. 선생님.'

"바보같이 내가 많은 걸 가르쳐 주겠다고 주입식 교육을 했어. 생각해 보니 나는 수업 시간에 많은 말을 쏟아 놓고 너희는 인형처럼 앉아 있었지."

'선생님 시간에만 그랬을까요?'

"그래. 내 시간에만 그랬을까? 종일 그런 빡빡한 스케줄을 소화하느라 너희가 숨이 막혔을 거야. 그런 것을 사고가 나고 라희 네가 떠난 다음에야 깨달았어. 난 참 바보 같아."

'선생님 잘못이 아니잖아요. 수업 일수 맞춰야 하고 거기에 맞게 진도 빼야 하고. 그게 어디 선생님 잘못인가요?'

"그래. 하지만 구차한 변명이지. 난 좋은 교사가 아니야. 그건 분명해."

'선생님이 사고 원인 밝혀내면 진짜 좋은 교사로 임명하겠습니다!'

나는 웃는다.

"라희야, 우리 같이 해 보자."

담임 얼굴이 약간 생기 있어 보인다. 물끄러미 책상을 바라보는 눈빛에 힘이 들어가고 미소가 머금어진다. 그러나 슬픈 얼굴이다.

"내가 아무래도 살짝 돈 거 같은데. 아니 내가 지금 무슨 말을 하는 거지? 라희 네 목소리가 들리는 게 힘이 된다. 나 혼자가 아니라는 생각도 들고. 하지만 내가 이상하다는 느낌은 역시 버릴 수가 없긴 해. 나 이상한 거 맞지?"

담임은 머리를 벅벅 긁으며 당황스러워 한다.

'선생님, 하나도 안 이상해요. 괜찮아요. 힘을 합쳐서 우리 같이 뭔가 해 봐요.'

나는 담임을 본다.

"그래. 해 보자. 내가 너를 잃은 게 억울하지 않게 나 꼭 해내고 싶어."

담임이 기운을 얻는다. 하고 싶은 일을 시작할 용기를 낸다. 사고 충격 후유증이라고 단정 짓는 사람들 앞에서 아무것도 할 수 없었고 자신의 말을 곧이곧대로 믿어 주지 않는 사람들 앞에서 아무것도 할 수 없었던 무기력에서 벗어나려고 한다.

포기할 수 없는 이유

날이 밝는다. 담임은 잠을 한잠도 못 잔 것 같은데 활기 차 보이는 건 내 기분 탓일까. 마치 새 삶을 시작하며 설레는 사람처럼 날렵한 놀림으로 세수를 하고 커피를 내리고 냉장고에서 식빵을 꺼낸다. 사막같이 마른 빵.

담임은 접시에 우유를 붓고 계란을 푼다. 마른 식빵을 푼 계란에 앞뒤로 적신다. 식빵이 기다렸다는 듯이 계란 물을 훅 빨아들인다. 프라이팬에 버터를 두르고 재빠르게 구워 낸 식빵은 야들야들 쫀득해진다.

담임은 구운 식빵을 커피에 찍어 순식간에 먹는다. 그러고는 욕실로 들어가 양치를 한다.

"라희야?"

담임은 내가 담임 공간에 있는지 확인한다.

'선생님. 저, 여기 있어요.'

"내가 얼마 전에 관광버스 기사 만나려고 갔어. 보석금 내고 나왔더라고."

'얘기는 나눴어요?'

"아니. 못 만났어. 회사에 가서 물었더니 그 기사, 일 안 나온대."

'피하는 거예요?'

"뭐. 그런 느낌. 라희야, 너랑 같이하면 뭔가 해낼 수 있을 것 같아."

'위험하지는 않을까요? 저는 선생님이 위험해지는 거 싫어요.'

"위험해지면 안 할게. 걱정하지 마. 알았지?"

'네. 약속해요. 선생님, 위험해지면 진짜 그만두는 거예요.'

"알았어. 걱정하지 마."

담임이 외출 준비를 한다.

담임의 외출 준비는 거울도 안 보고 선크림을 얼굴에 펴 바른 뒤 흐트러진 머리를 손질하고 헐렁한 티셔츠에 바지를 꺼내 입는 게 고작이다.

담임 화장대 거울 앞에는 몇 가지 안 되는 화장품이 놓여 있을 뿐 화려하지 않다. 옷장에는 잘 정리된 옷가지들이 가지런히 헐렁하게 걸려 있다. 옷 역시 많지 않다.

'담임이 이렇게 수수한 사람이었나? 명문대를 나오면 럭셔리할 거라는 건 내 편견이었어.'

나는 그동안 담임에 대한 잘못된 내 고정 관념을 바로잡는다.

담임이 커피 잔과 식빵을 담았던 접시를 개수대에 갖다 놓고 신발을 꺼낸다. 몇 가지 안 되는 신발 중에 담임이 꺼낸 것은 굽 있는 운동화다. 키가 작은 담임 단점을 보안해 줄 키높이 운동화가 담임이 부리는 사치의 전부인 듯 보인다.

'담임의 이 수수함을 나는 왜 진작 몰랐을까?'

나는 피식 웃으며 담임 뒤를 따라간다.

"라희야?"

담임이 나를 또 부른다. 내가 담임 곁에 있는지 확인하려는 행동이다.

'네. 저 선생님 곁에 있어요.'

"응, 그래."

담임은 빠른 걸음으로 길을 잡아 간다. 거침없이 길을 가는 걸 보면 여러 번 가 본 듯 익숙해 보인다.

나는 담임 발걸음을 재며 뒤쫓아 간다. 엄마하고 외출하는 기분이다. 나쁘지 않다.

담임은 이따금 머리를 턴다.

'선생님, 괜찮은 거죠? 지금 우리 어디 가는 거예요?'

나는 바투 가서 묻는다.

"며칠 전에 관광버스 회사 대표도 찾아갔어. 문전박대당해서 인터뷰 한 번 제대로 못했지. 운전기사가 졸음운전? 천만에. 아니야. 단순 사고로 매듭짓는 경찰 때문에 사건이 너무 빨리 잠잠해졌어."

담임이 입술을 깨문다. 절망의 표현이지만 해 보려는 의지의 표현이기도 하다.

'선생님이 정의로운 분인 줄 예전엔 몰랐어요.'

나는 말해 놓고 후회한다. 이런 말은 혼자 생각만 하는 게 좋은 거니까.

담임은 대꾸하지 않는다.

"경찰은 사건을 빨리 덮었고, 운전기사는 수감됐고, 학교 역시 일이 더 커질까 봐 쉬쉬하고. 그런 상황에서 내가 아무것도 할 수 없는 나약한 존재라는 게 너무 싫었어."

담임은 한숨을 내쉰다. 절망스런 얼굴이다.

'선생님, 너무 애쓰지는 마세요. 한 번 해 보는 거지 결과에 너무 신경 쓰지 말아야 해요.'

나는 담임 말을 흉내 내어 말한다.

결과에 너무 신경 쓰지 말라는 말, 시험 본 이튿날이면 담임이 종례 때 꼭 하는 말이다. 나는 그 말에 감동하고 큰 위로를 받았기에 담임에게 그렇게 말했는데 담임에게는 위로가 되지 못한 모양이다.

담임은 내 말에 별다른 반응이 없다.

"그 당시 기사가 분명 콧노래를 부르며 운전했어. 소풍을 즐기는 사람처럼. 그때 사고가 났어. 졸음운전, 절대 아니야."

담임은 사건 이야기에 집중하고 있다. 담임한테 이 말을 구십 번만 더 들으면 백 번을 채울 것 같다. 대단한 의지력이다. 한 번 물면 놓지 않는 맹수 같다.

'그렇다면 왜? 졸음운전이라고 했을까요? 누군가 그렇게 떠넘겼어도 기사는 왜 그것을 자신의 실수로 인정했을까요? 결국 덮

어쓴 거잖아요.'

나도 담임을 위로하지 않기로 한다.

"그렇지. 기사가 덮어썼다고 볼 수 있지. 그러니까 뭔가 있을 것 같단 말이야. 졸음운전이라면 깜빡 졸다가 액셀과 브레이크를 혼동했고 순간적으로 브레이크 대신 액셀을 밟았다고 하면 간단하게 기사 잘못이 되는 거지."

담임은 졸음운전이 결코 아니라고 확신한다.

'하지만 기사는 분명히 졸지 않았다는 거죠?'

"응. 운전기사의 간단한 진술 뒤에 숨겨진 걸 우리가 찾아야 해."

'사고의 원인은 따로 있는데 운전기사 실수로 덮어씌우고 마무리한 결론을 우리가 뒤집을 수 있을까요? 선생님 생각이 맞다면 운전기사는 왜? 이 사건을 혼자 뒤집어쓰고 책임져야 했을까요?'

"그것도 찾아야지."

'우리가 잘해 낼 수 있을까요?'

나는 담임이 걱정된다. 뭔가 밝혀내지 못했을 때 담임 마음이 더 지치고 다칠까 봐 두렵다. 그때는 또 절망감에서 어떻게 헤어 나올 수 있을까 생각해 본다. 지금 이 열정이 독이 될까 봐 걱정된다.

"해 봐야지. 해 보면 끝을 보겠지. 법은 모두에게 평등해야 하고 사회는 누구에게나 공정해야 해. 운전기사의 잘못으로 사고를 얼버무려 지나갔다 해도 억울한 일이 반복되어서는 절대 안 돼."

'선생님이 파헤치려는 의도가 그거예요?'

나는 핵심을 찾는다.

"아니. 세상에서 라희가 사라졌잖아. 네가 없어졌잖아. 그래서 난 이 사건을 포기할 수가 없어. 절대."

담임이 한 그 말이 내게 위로가 된다. 그 말을 내가 기다렸는지도 모른다.

담임이 걸음을 멈추더니 뒤돌아선다.

"라희야?"

'왜요? 선생님.'

"내가 네 부모님만큼은 아니겠지만 나 역시 견디기 힘들었어. 운전기사가 졸음운전 아닌데 졸음운전으로 덮어쓰면 실제 범죄자가 따로 있는 거니까. 범죄자가 어딘가에 버젓이 활보하는 거잖아. 그렇게 할 수는 없어. 라희야, 그건 너도 억울하지?"

'네. 그렇죠.'

"그게 내가 잠 못 자고 시달리는 이유야. 힘든 시간을 보내는 중에 라희, 네가 나타난 거야."

'선생님은 조용하고 강한 분이세요. 정의감도 많고요.'

"그러면 뭐해? 지금 내가 할 수 있는 일이 없는데. 죄책감만 들고 답답하고 그렇지."

담임이 다시 걷기 시작한다.

지나가던 사람들이 담임을 흘깃 쳐다본다. 멀쩡하게 생긴 아가씨가 혼자 중얼거리니까 정신 나간 사람인 줄 아나 보다.

'가던 길 그냥 가세요. 울 선생님, 정신 줄 놓은 사람 아니거든요.'

나는 행인에게 한마디 해 주고 피식 웃는다.

담임 뒤를 졸졸 따라가다 보니 관광버스 회사 사무실이 눈앞에 보인다. 담임이 버스 운전기사를 찾는다. 기사는 회사를 그만두고 출근하지 않은 상태다.

담임은 다시 길을 잡아 간다. 이미 여러 번 해 본 경험에서 나온 듯 어색하지 않은 행동이다.

"경찰이 손 뗀 일에서 내가 할 수 있는 일은 별로 없어. 그래서 절망스러워. 하지만 포기가 안 돼. 이러는 나를 나도 모르겠어."

담임이 숨을 깊게 들이마셨다가 내뱉는다.

담임이 안쓰럽다. 수학여행을 기획했고 사고가 났고 사고 현장에서 나를 구하지 못했다는 죄책감 때문에 힘든 시간을 보내는 담임이 불쌍할 정도다. 학교생활을 같이할 때는 이렇듯 꼼꼼하고 자상한 줄 몰랐는데 조용하게 추진하는데 속도감까지 있다.

'사람은 왜 곁에 없어야 더 소중하고 귀하다는 걸 알게 되는 걸까?'

나는 담임을 물끄러미 본다.

담임이 아파트 단지 앞에 선다. 엘리베이터를 타고 올라가 복도식 문 앞에 서서 벨을 누른다.

"누구세요?"

한 아저씨가 현관문을 연다. 수염을 깎지 않아 거칠어 보이는 얼굴이다.

'선생님, 계획은 있어요?'

담임은 내 말에 고개를 끄덕인다.

"가스 점검 나왔어요."

담임이 둘러댄다.

나는 '담임 계획이 이거였구나?' 생각하니 웃음이 난다.

"들어오세요."

아저씨가 담임에게 말하며 현관문을 열어 둔다. 운전기사 아저씨인가 보다.

그때 나는 재빠르게 집 안으로 들어간다.

'선생님, 저도 집 안에 들어왔어요.'

나는 속삭이듯 말하며 아저씨를 본다. 아저씨가 별다른 반응이 없는 걸 보면 내 목소리를 듣지 못하는 거다.

아저씨는 방바닥에 펼쳐진 이불을 반쯤 걷어 놓고 베란다로 나가 담배를 빼 문다. 베란다로 넘어올 것같이 벌어진 정원수 가지가 너풀너풀 바람에 흔들리는 게 보인다.

나는 집 안을 살핀다. 개수대에는 설거지할 그릇이 쌓여 있고 베란다에는 박스에서 풀지 않은 짐들이 잔뜩 쌓여 있다.

'뭐야? 이사를 온 거야? 이사를 갈 거야?'

나는 여기저기 기웃거린다. TV 옆에 가족사진 액자 하나가 장식처럼 덩그러니 놓여 있다. 가족이 함께 사는 집 같지가 않다.

나는 집 안을 두리번거리다가 구겨진 신문 스크랩을 발견한다. 신문은 당시 사고 현장을 기사화한 것들이다. 그다지 크게 이슈가 된 것 같지는 않다.

서울 외곽 관광버스 과속으로 전복

수학여행 중인 여중생 32명 크게 다쳤을 것으로 예상

지난 19일 관광버스 사고

중간 수사 결과 운전자의 과실로 사상자 발생

운전자, 사흘 전 마라톤 풀코스 완주 후 피로한 상태로 운전대

잡아

"자수도 안 할 거면서 이런 신문들은 왜 스크랩해 놓았을까?"

담임이 중얼거린다. 그때 담임은 아저씨의 핸드폰을 발견한다. 화면을 터치하자 잠겨 있지 않아 쉽게 열린다. 진행되는 톡을 보니 첫 문장이 보인다.

'선생님, 뭐해요. 그러다 들켜요. 빨리 가스 점검하세요.'

내가 담임 등을 떠민다.

담임이 얼떨결에 가스 밸브를 점검하는 척한다.

"가스 점검 끝났어요. 감사합니다."

담임은 그 말을 하고 현관문을 나간다.

'선생님, 뭐예요? 이 집에 온 목적이 있다면서요. 포기할 수 없

는 이유가 있다면서 그냥 가요?'

나는 담임과 아저씨를 번갈아 본다.

"사인도 안 받고 그냥 가시네."

아저씨가 밖으로 나가는 담임 뒷모습을 의아하게 바라본다. 그러고는 방에 들어와 핸드폰을 만진다. 기다리는 전화가 있는 모양이다. 그러다가 톡을 열고 글을 쓴다.

나 졸음운전 아니야. 진짜 아니야.

내가 졸음운전이라고 하면 사장이 목돈을 챙겨 준다고 하기에 그런 거야.

애들 유학비, 생활비 보내야 하는데 어쩌겠어.

내가 구조조정으로 명예퇴직 안 당했으면 이런 돈에 타협하지 않았겠지만

지금 우리 상황이 급한 걸 어떡해.

'이 아저씨가 범죄자야? 아니 공범자?'

나는 기가 막힌다. 담임이 말할 때 이 아저씨가 공범자가 아니길 진심으로 바랐는데 이러면 나 진짜 서글퍼진다.

아저씨가 톡에 쓴 글자를 다 지운다.

'어, 어? 안 보내고 왜 지워? 지우지 마요. 증거를 남겨야지. 왜 지워!'

내가 놀라고 있는 동안 아저씨는 새로운 글자를 또 쓴다.

당신하고 애들은 한국에 안 들어오니 내가 돈을 마련해야지.

사실 지금 애들 들어와도 한국 학교에 적응 못할 거 뻔히 아는데

내가 더는 고집 피울 수가 없어. 돈을 마련하는 게 우리 식구 모두를

위한 거라는 거 알아.

나는 소리치고 싶다. 그러면 안 된다고. 자수를 하라고.

그 순간, 아저씨는 글자들을 지우고 또 다른 글자를 쓴다.

나는 갈비뼈 하나 금 간 거 외엔 무사하지만 요즘은 죄책감에 많이

시달려.

사고로 죽은 애 생각하면 우리 애 또래라서 나도 진짜 마음이 더 안

편해.

그렇다고 이제 와서 급발진 의심된다고 자백할 수도 없고.

사장이 버스 불법 개조하고 부속품을 정품 안 쓴 거 내가 눈감아 준 결과잖아.

'이 아저씨, 뭐야?'

나는 어깨를 움츠린다. 범죄자와 같은 공간에 있는 게 무섭고 자신의 목적을 달성하기 위해서는 죄까지 뒤집어쓰는 이 아저씨가 두렵다.

아저씨는 쓴 글자들을 또 지운다.

'양심 고백은 경찰서에 가서 해야지.'

나는 고개를 저으며 아저씨를 물끄러미 바라본다.

어른들의 세계란 참 모르겠다. 수채화 그림 위에 검정 크레파스로 덧칠한 아무것도 안 보이는 탁한 그림 같다. 감추고 또 감추고 속이고 또 속여서 안을 전혀 들여다 볼 수 없는 어두운 그림 같다. 어두워서 그 속을 알 수가 없다. 그게 어른들의 세상에서는 아무렇지 않은지도 모르겠지만 나는 두렵고 무섭다.

'어른들은 왜 있는 그대로 다 보여 주지 않는 걸까?'

나는 절망스럽게 고개를 젓는다.

아저씨는 톡을 또 쓴다.

여보, 난 이렇게라도 털어놓지 않으면 죽을 것 같아.

액셀을 밟았다가 뗐는데 속도가 높아져서 당황했어.

시속 50~60km 사이를 달리고 있었는데 뭔가 이상하다는 느낌에 브레이크를 밟았지만 차는 멈추지 않았어.

'그러니까 자신의 실수가 아닌데 왜 공범자가 됐냐고요. 아저씨는 그걸 밝히셔야 해요.'

나는 소리친다.

아저씨는 글자를 지우고 또 쓰기 시작한다.

차를 어떻게 세우지? 생각했어.

옆 가드레일을 치고도 속도가 줄지 않았어.

난 다른 관광버스 옆으로 가서 바퀴와 바퀴를 맞대고 충격을 줄이려고 했어.

그대로 쭉 직진했다가는 더 큰 참사가 일어날 게 불 보듯 뻔했으니.

하지만 말을 듣지 않은 버스는 다른 버스를 들이박고 한 바퀴 돌고 말았지.

그때 난 죽었구나 생각했어. 운전자는 본능적으로 방어 운전을 한다잖아.

그래서 내가 그때 죽지 않고 살았는지 모르지만 희생자가 있어. 그게 가장 괴로워.

아저씨는 컥컥 운다. 핸드폰을 이불 위에 던지고 가슴을 쥐어뜯으며 괴로워한다.

'괴롭겠죠. 그 죄책감이 아저씨 목을 매는 멍에가 되어 평생 벗어날 수 없을 거예요.'

나는 조용하고 단호하게 말한다.

"여보, 난 내가 할 수 있는 일은 다 해 봤어. 빌어먹을 블랙박스는 사고 나기 며칠 전부터 망가진 상태라 복원 실패했고. 블랙박스만 제대로 작동했더라면 사고를 줄이기 위해 핸들을 꺾었다는 것을 증명했을 텐데. 그 증거가 남아 있었다면 내가 불의와 타협하진 않았을 텐데. 여보, 난 억울해. 하지만 난 돈을 먹은 대가로 어디 가서 억울하다고 말을 할 수가 없어."

아저씨가 소리 내 운다. 눈물을 흘리며 아파한다.

"내가 마라톤 풀코스를 완주하고 피로가 풀리지 않은 상태에서 운전했다고? 그래 맞아. 내가 마라톤을 한 건 맞는데 졸음운전은 아니야. 네티즌들은 브레이크 고장 같다고 하는데 경찰들은 왜 그런 생각을 못하는 거냐고!"

아저씨가 버럭 소리를 지른다.

'누구한테 화를 내는 거야? 화는 아저씨 자신한테 내세요.'

나는 중얼거린다.

아저씨가 한숨을 푹 내쉰다.

'아저씨, 돈에 양심을 팔았으면 괴로워하지 말든지. 뻔뻔하게 살지도 못하면서!'

나는 답답한 마음에 소리친다.

"여보, 나 자수할까? 그러면 먹은 돈을 토해 내야 되니까 그건 우리 애들을 위한 게 아니겠지? 토해 낼 돈이 없다면 몸으로 죗값을 치루는 방법이 있는 거지?"

아저씨가 넋두리처럼 중얼거린다.

'저 사람이 우리 아빠라면 나는 뭐라고 말할까? 경찰서에 빨리 가서 자수하라고 소리쳤을까?'

나는 아저씨를 멍하니 바라본다. 그때 아저씨가 일어선다. 핸드폰을 주머니에 넣고 머리를 손으로 쓸어 넘기며 현관문을 나선다. 나도 따라 나간다.

나는 두리번거린다. 담임이 현관문 앞에 있을 거라고 생각했는데 없다. 내가 담임을 찾는 사이에 아저씨는 엘리베이터를 타고 내려간다.

나는 아저씨를 따라가는 것을 포기하고 담임을 찾아 비상계단으로 내려간다. 담임이 거기에 있다. 쭈그리고 앉아 무릎에 얼굴을 묻고 울고 있다.

'선생님, 왜 그러세요?'

나는 담임 곁에 가 앉으며 묻는다.

"난 그때를 생각하면 정신이 하나도 없어. 라희야, 펑 하는 굉음과 하얀 연기가 뿜어지던 그 상황을 나는 똑똑히 기억해. 아우성치던 우리 반 애들 소리가 내 귀에서 한순간도 떠난 적이 없어. 지금 생각하면 아우성치는 소리를 듣던 그 순간이 차라리 낫던 거야. 살아 있다는 증거니까."

담임이 고개를 든다. 눈물이 범벅된 얼굴이다.

'선생님, 많이 힘들어 보여요.'

"라희야, 그 사건 이후에 내가 할 일이 분명 있을 것 같았어. 내가 살아난 이유, 내가 살아야 하는 이유가 분명 있을 것 같았는데. 봤지? 내가 그 아저씨 집에 들어갔다가 아무것도 못하고 나오는 거. 내가 할 수 있는 일이란 게 아무것도 없어. 어쩌면 좋니? 어쩌면 좋아?"

담임이 가슴을 치며 운다. 괴로워 보인다. 아저씨도 힘들어 보였는데.

살아 있는 사람들이 힘들어한다. 사라진 나 때문에.

'선생님, 그 아저씨가 집 밖으로 나갔어요.'

"언제?"

'방금 전에요.'

담임이 손바닥으로 눈물을 닦고 일어선다.

"가자. 버스 회사로 갔을 거야. 회사에 가지 않았다면 술을 마시겠지."

'그걸 어떻게 아세요?'

담임은 대답하지 않는다.

하지만 난 알 것 같다. 아저씨의 동선을 안다는 것은 담임이 뒤를 여러 번 밟아 본 결과다.

나는 담임에게 포기하자는 말을 하려다가 꿀꺽 삼킨다.

"라희가 목숨을 잃었고 다친 아이들이 몇 명인데. 보상으로 끝나면 안 되지. 이런 일이 또 일어나면 안 되니까. 난 포기하지 않을 거야. 절대 포기 못해."

　담임은 빠르게 걸으며 주문처럼 중얼거린다.

　담임이 다시 찾아간 곳은 관광버스 회사 사무실이다.

엄마가 변했다!

나는 아저씨가 자수하기를 간절히 바라는 담임의 마음을 안다.
자수해서 진술하는 방법밖에 해결책이 없다는 것도 안다.

나는 내 방으로 훅 이동해 간다. 아니, 이제는 재은이 방이다.
'나쁜 계집애. 전집 같으니까 하지 말랬더니 기어코 키 맞춰 진
열해 놨어. 내 귀여운 책들을.'
나는 책꽂이에 나란히 서 있는 책을 보며 중얼거린다. 옷장을 본
다. 옷은 그대로다. 내 옷은 왜 그냥 뒀을까? 재은이 옷 입는 스타
일과 안 맞을 텐데.

재은이는 색깔 있는 옷을 좋아하지 않는다. 그러니까 교복을 외출복으로 입고 다녀도 불편을 못 느꼈을지도 모른다. 어쩌면 할 수 없이 교복을 입고 다녔을 가능성이 더 높다.

"재은아, 재은아."

엄마 목소리다. 엄마가 재은이 방을 노크한다.

나는 엄마가 낯설다. 재은이 방에 노크를 하다니. 나한테는 한 번도 이런 적이 없다.

재은이가 방문을 연다. 문 앞에 서 있는 엄마를 보고 재은이가 씽긋 웃는다.

"재은아, 라희 소원나무 상자, 오늘 우리 같이 열어 볼까?"

엄마가 재은이 표정을 읽으며 방으로 들어선다.

재은이가 엄마 마음을 알아차리고 고개를 끄덕인다. 그러고는 소원나무 상자를 꺼내 와 침대에 올려놓는다.

엄마가 소원나무 상자를 본다. 긴장한 표정이 역력한데 표 내지 않으려고 눈을 깜빡이며 애를 쓴다.

"재은아, 라희 소원 하나씩 이뤄 가면 라희가 좋아할 거 같은데. 재은이 생각은 어때?"

엄마가 묻는다. 엄마의 물음은 엄마의 뜻대로 하고 싶다는 의지가 90퍼센트 이상 담겼고 싫다고 말할 수 없게 만드는 묘한 설득력이 있다. 그러나 거절했을 때는 반드시 대가를 치러야 한다.

"네, 좋아요. 엄마."

재은이는 웃으며 고개를 끄덕인다.

"재은이가 펴 볼래?"

'재은이 너 좀 찔리겠다. 소원을 고치고 또 고쳐 놓았으니까.'

나는 빈정댄다.

재은이는 표정 없는 얼굴로 2번 소원나무 열매를 떼어 편다.

반에서 왕따 도와주기

'다시 되돌려 놔서 다행이야. 그러니까 재은아, 봐. 너도 떳떳하고 좋잖아.'

나는 피식 웃는다.

"왕따 도와주기? 하, 우리 딸답다."

엄마가 허탈하게 웃는다. 헛웃음이다.

엄마는 내가 사회복지사가 되는 걸 결코 원하지 않았다. 더불어 같이 잘 사는 사회, 그런 것은 남들이 하고 나는 나 자신만을 위해 우아하고 근사하게 살기를 바랐다. 남을 도와주는 게 나 자신이 행복하고 즐거운 일이라고 아무리 설명을 해도 엄마는 이해하려고 하지 않았다. 아니 내 말을 귓등으로도 듣지 않았다.

"반에서 왕따가 누군지 알아야겠다. 이건 재은이가 적극적으로 해야 할 일 같은데?"

엄마가 재은이를 본다.

재은이는 침묵하며 침을 삼킨다.

"왕따가 누군지 알아보려면 관찰이 필요하겠어. 재은아, 너희 반에 왕따가 있어? 혹시 누군지 아니?"

엄마가 재은이 표정을 살핀다.

"집히는 건 있는데 확실하지 않으니까 더 자세히 살펴봐야죠."

재은이 얼굴이 빨개진다. 당황한 거다.

"그래 그런 건 섣불리 판단해서는 안 되니까 잘 알아보고 하는 게 좋겠다."

엄마가 재은이 얼굴에서 눈을 떼며 말한다.

"엄마, 이 소원은 제가 전학 가기 전에 라희가 만든 건가 봐요."

"그래. 그랬겠다."

엄마가 한숨을 내쉰다.

"네. 확실히 그런 것 같아요. 엄마, 사실은 전학 가기 전에 우리 반 왕따는 저였어요."

재은이는 참 뜬금없다. 이런 말을 곧장 본론부터 말한다.

"재은아!"

엄마가 놀라며 재은이를 본다. 예고 없이 불쑥 던진 재은이 말이 믿어지지 않는 모양이다.

"아니, 저 스스로 왕따가 된 거나 마찬가지예요. 애들이랑 친해지면 집에도 놀러 가고 그러잖아요. 저는 절대 안 그랬거든요."

재은이가 뜸 들이지 않고 거침없이 말한다.

"이유가 있었을 거야. 그렇지?"

엄마가 웃으려고 입꼬리를 올리지만 웃어지지 않는다.

"네. 가정위탁 보육 사실이 밝혀지는 게 싫어서 반 애들하고 적당한 거리감을 두고 그 이상 절대 친해지지 않았어요. 그러니까 저 스스로 왕따가 된 거예요."

"재은이 많이 힘들었구나. 딱한 우리 딸."

엄마가 재은이를 품에 안아 준다.

'아, 엄마의 품속. 그립다.'

엄마의 깊은 가슴팍에 푹 뛰어들어 엄마의 품을 느끼고 싶다.

엄마가 재은이를 안은 팔을 푼다.

"라희는 다른 친구들이랑 좀 달랐어요. 저는 어제 친하게 지냈으면 오늘은 또 안 친하게 지내거든요. 항상 적당한 거리를 두기 위해서요. 절대 그 이상 다가가지 않았죠. 그러면 다른 애들은 나보고 좀 이상하다고 수군대며 안 놀았어요. 하지만 라희는 삐치지 않았고 그냥 날 지켜봐 줬어요. 라희는 그런 친구였어요."

"라희가 그랬구나!"

엄마가 흐르는 눈물을 닦으며 대꾸한다.

"엄마, 죄송해요. 라희 이야기를 해서."

재은이가 아차 싶었는지 재빠르게 사과한다.

"재은아, 그런 게 아니라 엄마가 라희를 정말 잘못 알고 있었어. 공부하기 싫어서 엄마한테 딴지를 거는 것쯤으로 생각했거든. 엄마가 라희 마음을 진작 알았더라면 재은이를 입양해서 전학시키고 쌍둥이처럼 나란히 키웠을 텐데. 그게 너무 미안해서 그래."

엄마가 훌쩍이며 코를 문지른다.

"네. 저도 라희한테 너무 미안해요. 라희는 저한테 자매 같은 친구였어요. 자기 고집대로 하지 않고 언제나 날 기다려 주고 배려했어요. 그런 라희를 잠깐 잊고 제가 나쁜 마음을 먹었어요. 엄마한테 인정받고 싶어서, 인정받지 못하면 파양될까 봐. 버림 받을까 봐. 죄송해요. 엄마."

'재은이 너, 그러다가 소원 바꿔치기했던 거 엄마한테 고백하겠다. 그거 양심선언 아니야. 그러니까 말하지 마. 너 혼자 반성하며 지내. 그냥 그러면 돼.'

나는 재은이가 엄마한테 말할까 봐 겁이 난다. 아직은 서로에 대해 잘 알지 못하는 상황에서 엄마하고 관계가 나빠지면 재은이가 힘들어질 수 있기 때문이다.

"그랬구나. 뭔지 모르지만 재은이 마음이 그랬구나. 고백해 줘서 고맙다. 하지만 다 말하지는 마. 모르는 게 날 때도 있어. 누구나 한 번쯤은 실수를 해. 돌이키지 않고 반성하지 않는 게 잘못이지. 실수는 잘못이 아니야."

엄마가 재은이를 보며 웃는다.

'우리 엄마 맞아? 아닌 거 같은데. 우리 엄마는 소리부터 꽥 지르고 보는데. 저렇게 나긋나긋하게 설명하는 사람이 아닌데. 우리 엄마가 변했다.'

나는 놀라워 눈이 동그래진다.

"엄마, 앞으로 안 그럴게요. 라희 소원 이루도록 제가 적극적으로 나설게요."

재은이가 눈물을 손등으로 닦으며 말한다.

"그래, 그러자. 재은아, 엄마도 라희에 대해 모르는 게 너무 많았어. 생각해 보니 소원나무 상자를 만들어 놓은 것도 라희가 자기 꿈을 알아 달라고, 순간적인 선택이 아니라고 대변하는 거였는데. 내가 엄마라면서 딸의 마음을 애써 모르는 척했어. 재은아, 엄마도 그걸 후회해."

"엄마, 라희 소원나무 열매를 하나씩 열고 우리 같이 해 나가요."

"그러자. 재은아, 너, 성이 바뀐 거는 어떡하니? 당장은 모르더라도 친구들이 곧 알게 될 텐데."

엄마가 두 번째 소원이 적힌 색종이를 다시 들여다보며 말한다.

"그때는 당당하게 커밍아웃 해야죠. 그래야 스스로 왕따가 되는 일이 또 생기지 않을 테니까요."

"그래. 앞으로는 절대 스스로 왕따가 되고 그러면 안 된다."

엄마가 재은이 어깨를 잡고 가볍게 흔들며 다짐을 놓는다.

"네. 엄마, 하지만 제가 잘할 수 있을까요?"

재은이 얼굴이 어쩐지 슬퍼 보인다.

"그럼. 두루 살피는 마음을 갖는다면 못할 거 없어. 자신감을 가져. 재은아, 우리 서로 비밀을 만들지 말자. 다 터놓고 말하고 의논하고 그러자. 응?"

"네. 엄마, 저도 그러고 싶어요."

'우리 엄마, 정말 많이 변했네. 내 말은 들어주려고 하지도 않았으면서. 재은이도 변했어. 입양을 당당하게 커밍아웃 하겠다고? 오호, 리얼리?'

나는 저 두 사람 대화에 낄 수 없는 게 유감스럽다. 하지만 나쁘지 않다. 서로 닮아 가고 무엇이든 공유하려는 마음이 흘러가는 물처럼 자연스럽게 섞이는 게 보기 좋다.

"재은아, 반에 왕따가 있는지, 왕따는 아니더라도 외로운 아이가 있는지 눈여겨보고 엄마한테 말해 줘. 라희가 준 숙제, 잘 풀어 가자."

"네. 엄마."

재은이가 빙그레 웃으며 대답한다.

"재은아, 불안해하지 마. 엄마 아빠는 무슨 일이 있어도 너 절대 파양 안 해. 어떻게 얻은 딸인데. 엄마 아빠한테 재은이가 얼마나 귀한 딸인데 파양을 하겠어. 파양 안 해. 그러니까 파양이란 말은 개나 줘 버려. 알았지? 우리가 마음을 합해서 라희 소원 하나씩 이루다 보면 이렇게 공통 화제가 생기잖아. 마음속에 있는 얘기도 하게 되고. 그러니까 더 빨리 친해질 수 있을 거야. 엄마는 그렇게 생각하는데. 재은이는?"

"네. 저도 그렇게 생각해요. 고마워요. 엄마."

재은이가 엄마 품에 안겨서 흑흑 운다.

나는 지금 재은이가 부럽다. 엄마 품에 안길 수 있는 재은이가 부러워서 질투가 난다. 재은이가 이 집에서 중심이 되어 가고 나는 이 집에서 이방인이 된 것 같아 기분이 좀 묘해진다.

부탁해요, 선생님!

겨울이 간다. 춥고 아팠던 겨울이 지나간다. 엄마 아빠도 재은이도 아파서 꽁꽁 싸맸던 상처 부위를 내놓고 새살이 돋아 단단해지기를 기대하며 따뜻한 봄을 맞는다.

학기가 시작되는 3월, 모든 게 시작이다. 잠자는 듯 조용하던 학교가 백화점처럼 북적대며 생기를 되찾는다. 학교 담장에는 개나리가 햇빛을 받아 찬란하고 눈부시게 노랗다.

나는 담임 집으로 간다. 담임이 어찌 지내는지 궁금해졌고 고맙기도 하다.

담임 성격은 집요한 면이 있다. 내가 담임 주위에 나타난 뒤부터 삶의 의욕이 생겨 다행이지만 뭔가 해야 한다는 책임감이 더 강해져서 걱정이다. 하려는 일이 실패했을 때 실망도 크기 때문이다.

담임은 관광버스 기사가 졸음운전이 아니라고 확신하며 뭔가 해 보려고 했으나 좌절뿐인 현실에서 책임을 감당하려니 죽을 만큼 힘든 시간을 보내고 있다. 또 바로잡아야 한다는 사명감으로 뜨겁다. 이 사건이 마무리된 지 몇 달이 지났다 해도 바로잡을 수 없다면 담임은 죄책감에서 벗어나지 못해 삶의 의욕을 잃고 또다시 우울해할지도 모른다.

나의 목표는 담임이 죄책감에서 벗어나 평범한 일상생활을 할 수 있도록 돕는 일이다.

담임은 운전기사의 집으로 가기 위해 집을 나선다. 나는 담임 뒤를 둘레둘레 따라가지만 내가 함께하는 걸 알아차리지 못하게 하려고 담임에게 아무 말도 하지 않는다.

운전기사의 집 현관 앞이다. 전에 담임이 가스 점검한다고 뻥치고 들어간 그 집. 이번엔 뭐라고 뻥을 칠까 궁금해진다.

담임이 벨을 누른다. 누군지 확인하는 인터폰 소리도 안 났는데 현관문이 열린다.

'뭐지? 이 묘한 느낌은?'

나는 담임의 표정을 살핀다. 특별한 감정의 동요 없이 흔들리지도 않는 그저 덤덤한 얼굴이다.

"가사 도우미입니다. 구청에서 나온 공공근로예요."

담임이 현관문을 젖히며 말한다.

'울 선생님 많이 준비했네. 공공근로 가사 도우미? 그런 것도 있었나?'

나는 킥킥 웃는다.

"라희니?"

담임이 내 존재를 느꼈는지 주변을 이리저리 둘러본다.

"왜 그러세요?"

아저씨가 담임에게 묻는다.

담임이 고개를 저으며 아저씨를 쳐다본다.

"진짜 누구세요? 툭 하면 소독하러 왔다고 하고. 가구 조사하러 왔다고 하고, 가스 점검하러 왔다고 하는데 바보가 아닌 이상 내가 왜 의심을 안 하겠어요. 이번에는 무슨 핑계를 대고 올까 기대했어요. 누구세요? 진짜."

아저씨가 말한다. 기대했다는 말이 진심같이 들린다.

담임은 아무 말도 하지 않는다.

"인터뷰한 거 본 거 같은데 학교 선생님이죠?"

담임은 역시 대답하지 않는다.

"오늘은 공공근로 가사 도우미로 왔으니까 집안일 해 놓고 갈게요. 내가 왜 이러는지는 설명 안 해도 알잖아요."

담임이 부엌으로 간다. 개수대에 산더미처럼 쌓인 그릇들을 보고 잠시 눈을 감았다가 뜬다.

"설거지하는 거 싫어하나 봐요."

담임이 고무장갑을 끼며 묻는다.

"예. 음식은 어떻게든 만들어 먹는데 설거지는 진짜 하기 싫어서요. 있는 그릇 다 내 쓰고 더 쓸 거 없으면 그때 설거지를 하죠."

아저씨가 대답한다. 친절한 말투다.

"설거지는 내가 얼마든지 해 줄 수 있어요."

담임이 센 척 말한다.

나는 담임 집 개수대에 쌓인 설거짓거리가 생각나 킥킥 웃는다.

"라희니? 니 여기 있지?"

담임이 고무장갑 낀 손으로 빙글빙글 돌며 두리번거린다.

"왜 그러세요?"

아저씨가 의아한 얼굴로 묻는다.

"좀 전에 그 아이 목소리가 들린 것 같은데. 아무 말 못 들었어요?"

담임이 묻는 말에 아저씨는 고개를 가로젓는다.

담임이 한숨을 푹 내쉬더니 수세미에 거품을 내고 그릇을 닦기 시작한다.

나는 아무 이야기도 하지 않는다. 담임이 혼자 중얼거리면 아저씨가 담임이 미쳤다고 생각할지도 모른다. 나는 담임을 지켜야 한다. 담임이 미쳤다는 오해를 받게 해서는 안 된다. 아저씨가 자수했을 때 담임의 증언이 효력이 없어질 수 있기 때문이다.

'정상이 아니야.'

아저씨는 베란다로 나가며 중얼거린다. 담배를 빼 물고 순식간에 피어오른 연기를 바깥으로 훅 내뿜는다. 아저씨의 심정이 엉클어져 복잡해 보인다. 연기는 사라져도 냄새는 남듯이 뭔가 개운하지 않고 불편해 보이는 아저씨가 결코 행복해 보이지 않는다.

아저씨의 마음은 자꾸 불편해져야 한다. 숨긴 것에 대해 볶이고 불편해져서 바로잡고 싶은 마음이 생겨야 한다. 누구 때문이라고 미루고 덮는 일이 많아지면 회생 불가능한 사람들이 많아진다. 그런 사회는 희망이 없다.

담임이 설거지를 마치고 돌아선다.

"자, 또 무엇을 할까요? 청소부터 할까요?"

담임이 고무장갑을 벗으며 묻는다.

'가사 도우미, 울 선생님 진짜 작정하고 오셨나 보네.'

나는 담임을 보며 생각한다.

그때 아저씨가 담임 앞으로 성큼성큼 걸어간다. 담임에게 무슨 짓을 할까 봐 두렵다. 하지만 담임은 초연한 태도로 아저씨를 바라본다.

"죽을죄를 지었어요. 선생님은 제자를 잃었다고 죄책감에 시달려서 환청까지 들리는데. 나는 죄를 짓고도 뻔뻔하고 멀쩡하게 살고 있었어요. 잘못했어요."

아저씨가 담임 앞에 무릎을 꿇고 엎어져 운다. 이런 고백을 할 줄은 상상도 못한 일이다.

"뻔뻔하고 멀쩡하진 않았죠. 사고 후유증으로 아직 일도 못하잖아요. 양심에 찔려서 그런 거잖아요. 아저씨 잘못만은 아니니까 이제 매듭지어요. 그 사고 생각에서 벗어나야 아저씨도 자유롭잖아요. 아저씨, 이제 더 숨지 말고 자수하세요."

담임이 얼굴에 흘러내리는 눈물을 닦아 내며 자수를 권유하는 중이다.

아저씨는 아무 대답도 하지 않는다. 그냥 울기만 한다.

"많이 괴로워하신 거 알아요. 결정은 혼자 해도 행동으로 옮기는 건 혼자 하기 힘들죠. 같이 가 드릴게요. 아저씨의 진심, 분명히 정상 참작이 될 거예요. 제가 증인이잖아요."

담임이 남자에게 용기를 주려고 애를 쓴다.

"잠깐 나가 계세요. 준비하고 나갈게요."

아저씨가 울음을 멈추고 팔뚝으로 얼굴을 쓱쓱 문질러 닦으며 일어선다.

"준비할 거 뭐 있어요? 그냥 나가요. 저랑 같이."

담임이 서두른다.

"지금 나가면 집에 언제 돌아올지 모르는데 옷은 갈아입어야죠."

아저씨가 담임을 설득한다.

담임이 알았다는 듯이 현관문을 열고 나가다가 뒤돌아선다. 담임은 스스로 죽음을 생각한 적이 있다. 아저씨가 담임에게 죄책감을 털어놓고 자살 충동을 일으킬까 봐 틈을 주어서는 안 된다는 생각을 한다. 자살은 회피일 뿐 해결 방안이 아님을 잘 알고 있기 때문이다.

담임이 집 안으로 다시 들어간다.

'없다. 아저씨가 사라졌다!'

아주 순식간에 벌어진 일이다. 아저씨가 집 안에 없다. 집 안 어디에도 아저씨는 없다.

담임이 베란다로 나가 본다. 창문과 방충망이 열려 있다. 바깥을 내다보니 아저씨가 아래로 떨어져 아파트 정원 나무에 대롱대롱 매달려 있다. 위급한 상황이다.

담임이 손가락을 바들바들 떨며 핸드폰을 열고 119를 부르고는 아래층으로 내려간다. 다리가 후들거리고 가슴이 둥당거린다.

소방차와 구급차가 사이렌을 울리며 온다. 10분 만에 도착이다. 119대원들이 사다리를 올리고 아저씨를 구해 들것에 눕히고 구급차에 태운다.

담임이 목격자 자격으로 구급차에 탄다.

담임은 아저씨가 우울감에서 해방되기를 진심으로 바란다. 죄책감에 빠져 있던 어둠의 공간을 벗어나 사실을 고백하고 자유롭기를 원한다. 세상은 살아 볼 만하다고 고백하면서 또 다른 세계를 열어 가기를 기도하며 지금 함께 구급차를 타고 간다.

'부탁해요. 선생님!'

나는 담임이 아저씨를 잘 설득해 줄 것을 기대하고 믿는다.

담임은 엄마만큼 강하다. 사고가 왜곡됐다는 사실을 아는 순간 이 사건에서 손을 뗄 수가 없었던 담임의 집요함을 나는 안다. 사실이 바로잡히지 않으면 담임은 절대 포기할 성격이 아니다.

너무 늦기 전에

나는 순식간에 집으로 간다.

재은이가 늦잠을 자고 일어난다. 점심때가 다 된 늦은 아침이다. 재은이는 시간을 확인하고 침대에 다시 눕는다.

거실에서 TV 소리가 난다. 아빠가 일어난 거다. 커피를 내리느라 달그락거리는 소리도 들린다.

재은이가 일어나 잠옷 차림으로 나간다.

"아빠, 안녕히 주무셨어요."

"그래. 실컷 잤니? 휴일은 늦잠 자는 게 매력이지. 우유 마실래?"

"아뇨. 아빠, 저는 우유 싫어해요. 바나나 먹을래요."

재은이는 냉장고를 연다.

'재은이가 싫다고 말했어. 우유를 싫어한다고.'

나는 달라진 재은이가 신기하다.

"아유 시끄러워. TV 소리는 왜 이렇게 크게 켜 놨어. 보지도 않으면서."

엄마가 잠옷 차림으로 하품을 하고 부엌으로 나오더니 투덜거린다.

"커피 내리는 동안 뉴스 들으려고."

아빠는 언제나 그렇다. 일어나면 TV부터 켜 놓고 행동을 시작한다. 아빠에게 TV는 라디오와 같다. 화면을 보지 않아도 TV에서 나오는 사람 소리라도 들어야 심심하지 않아 좋다고 언제나 그런다.

"TV가 라디오야? 진짜 못 말려. 여보, 나도 커피 한 잔."

엄마는 다짜고짜 아빠한테 커피부터 주문한다.

"커피 볶은 지 얼마 안 됐나 봐. 향이 아주 구수해."

아빠가 머그잔에 커피를 따르며 묻는다.

"응. 마트 갔더니 갓 볶은 커피 팔기에 사 왔지. 그나저나 재은아, 너 학원 다녀야지?"

엄마는 아빠가 건네주는 커피 잔을 받으며 묻는다.

"여보, 뭐 공부하고 싶은지를 먼저 물어야지."

아빠가 핀잔 아닌 핀잔을 준다.

"재은이가 말하겠지. 아, 커피 맛 좋다."

엄마는 커피 한 모금을 물고 입안 가득 퍼지는 향을 느낀다.

"공부하고 싶은 게 뭔지를 알면 어떤 공부를 해야 하는지 정할 수가 있지. 학교 공부에 관한 학원을 다녀야 하는지, 아니면 앞으로 갖고 싶은 직업과 관련해서 좀 더 전문적인 학원을 다녀야 하는지. 여러 학원을 다녀야 할 수도 있고."

아빠가 설명한다.

"제가 잘 몰라서요."

재은이는 소극적으로 대답한다.

"그래. 재은아, 너 중3이야. 이젠 결정해야지. 고등학교 진로를 선택해야 하니까."

엄마가 커피 한 모금을 또 넘기고 말한다.

바로 그때, TV에서 흘러나오는 뉴스 소리에 세 사람의 모든 말과 행동이 정지된다. 순간 서로 눈이 마주친다. 엄마 아빠와 재은이는 누가 먼저랄 것도 없이 TV 앞으로 급히 달려간다.

지난해 ○월 ○일 관광버스 전복 사고 운전자, 졸음운전 아니라 급발진 의심하며 회사 측 정비 소홀임을 고발했습니다. 그동안 괴로웠던 심경을 털어놓은 운전자 최씨는 죗값을 치르겠다며 양심선언을 하기까지 당시 사고를 당한 학생들 담임의 역할이 컸다고 고백했습니다.
경찰 측은 관련 기관의 압력과 비리가 있었는지에 대해 철저히 재조사하겠다고 밝혔습니다.
다음 뉴스입니다.

"여보, 이게 무슨 소리야. 라희 사고가 졸음운전, 그러니까 운전자 과실이 아니라 회사 정비 소홀 때문이었어?"
엄마가 놀란 얼굴로 아빠에게 묻는다.
"정비 비용 줄인다고 불법 개조나 불량 부속품을 썼을 가능성도 있는 거겠네."
아빠가 웅숭깊은 얼굴로 대답한다.
"여보, 라희 담임을 내가 얼마나 미워했는데, 담임이 뭔가 일을 계속하고 있었나 봐. 난 그런 줄도 모르고."

엄마가 기진한 몸으로 소파에 털썩 주저앉는다.

"당신 너무 깊게 생각하지 마. 또 지쳐. 저건 경찰이 알아서 할 일이야. 우리에겐 라희가 주고 간 선물, 재은이가 있잖아. 우리는 우리가 할 일을 하자고."

아빠가 덤덤하게 말한다. 그러나 불안한 듯 거실을 서성인다.

"담임의 진심을 내가 왜곡되게 해석했어. 담임한테 미안해서 어쩌지? 어른인 내가 참았어야 했는데."

엄마가 멍하게 앉아 침을 꿀꺽 삼킨다.

"당신 기운 내야 해. 무기력해지면 안 돼. 내 말 알아들어? 뭘 좀 먹고 기운 차리자."

아빠가 엄마 손을 잡아끌고 식탁에 데리고 가 앉힌다.

재은이가 커피를 따라 아빠 앞에 놓고 시럽 병을 든다.

"아냐. 단 건 됐어."

아빠가 마른 빵을 찢어 입에 넣는다.

"엄마, 따뜻한 커피 더 드려요?"

재은이가 엄마 앞에 가서 속삭이듯 말한다.

엄마가 힘없이 고개를 끄덕인다.

"여보, 담임한테 연락을 해 봐야겠어."

엄마가 벌떡 일어난다. 그러더니 방으로 쏜살같이 들어간다.

"주말인데 선생님도 좀 쉬셔야지."

아빠가 걱정스러운 듯 말한다. 마음먹으면 하고야 마는 엄마 성격을 잘 알기에 한마디하고 그만둔다.

"평일에는 당신하고 시간 맞춰 다 같이 만날 수가 없잖아. 주말이 딱 좋아. 점심 먹자고 하면 되겠다. 시간도 점심시간이네."

엄마가 톡을 보낸다.

담임에게서는 답이 없다. 톡을 열어 보지도 않은 상태다.

엄마가 핸드폰을 손가락으로 톡톡 치며 담임의 답을 초조하게 기다린다.

엄마에게 전화가 걸려 온다.

"담임이다."

엄마는 점심 식사를 같이할 수 있는지 묻고 약속 장소를 정한다.

"자, 빨리 준비해. 한 시간 후에 담임 만나기로 했어."

엄마가 서두른다.

"엄마, 저도 가요?"

재은이가 엉거주춤 서서 묻는다.

"당연하지. 그걸 말이라고 하니? 우리 딸."

엄마가 재은이를 보고 웃는다. 재은이가 멋쩍게 따라 웃는다.

"선생님보다 먼저 가서 기다리자. 재은아, 라희 소원나무 상자 챙겨."

엄마가 아무 설명 없이 말한다.

"소원나무 상자는 왜?"

아빠가 묻는다. 재은이도 궁금해서 묻고 싶은 말이다.

"오늘 뉴스 들었지? 담임 역할이 컸다고 하잖아. 너무 늦기 전에 담임을 만나야 해."

엄마가 대답을 했지만 후련한 답변은 아니다.

'뭘 저렇게 4차원으로 말을 해. 알아듣기 힘들게.'

나는 엄마가 답답하다.

"재은아, '왕따 도와주기' 잘하고 있니? 엄마가 도와줄 건 없어?"

"네. 해결되고 있지만 시간이 좀 더 필요해요. 엄마는 이미 다 도와주고 있는 걸요. 고마워요, 엄마."

재은이가 엄마에게 친절하고 상냥하다. 정말 잘하고 있다. 하지만 왕따 문제는 접근조차 못한 것 같은데 해결되어 가는 것처럼 말한다.

'재은이가 주미를 언제 만났나? 평소에 연락하고 있었나?'

나는 생각한다.

"재은아, 엄마가 라희 진심을 모른 척하며 살아온 게 후회돼. 담임 진심을 몰라준 것도 후회해. 더 늦기 전에 담임한테 사과하려고. 라희 보내고 나니 우리에게 시간이 그리 많은 게 아니더라. 담임도 어리다는 생각을 못했어. 많이 힘들었을 텐데."

"엄마."

재은이가 엄마를 불러 놓고 아무 말도 못하고 서 있다.

"담임한테 엄마가 진심을 몰라줘서 미안하다고 사과할 거야. 사고당하고 담임도 힘들었을 텐데 엄마가 그 마음을 몰라줬어. 이제라도 제대로 위로하려고. 너무 늦기 전에."

"네. 엄마, 너무 늦기 전에. 저도 고맙다고 엄마한테 말할래요. 고마워요. 엄마."

재은이가 빙그레 웃으며 엄마를 본다.

엄마가 재은이를 품에 꼭 안아 준다.

나는 두 사람이 부럽다. 엄마에게 곰살맞게 대하지 못한 내 지난 날이 후회된다. 엄마에게 사랑한다고 자주 말하지 못한 것도 마음

아프다. 천년만년 살 줄 알고 엄마에게 퉁명스러웠던 나를 깊이
반성한다.

동참

엄마, 아빠, 재은이가 레스토랑으로 간다. 나도 따라간다. 예약 자리를 안내받고 가 보니 담임이 먼저 와 있다.

"선생님, 우리가 먼저 오려고 서둘렀는데 늦었네요."

엄마가 담임에게 인사한다.

"아니에요. 제가 일찍 온 거예요. 밖에 일이 있어서 아침 일찍 나왔는데 마침 톡 받고 바로 와서 제가 일찍 오게 됐어요. 어머님이 늦으신 게 절대 아니에요."

담임이 자리에서 일어나 인사하며 말한다.

약속 시간에 대해 서로 민감하다. 늦은 시간이 아닌데 늦은 거 아니냐고 묻고, 늦은 거 아니라고 대답한다. 피해자와 가해자처럼 불편했던 관계는 온데간데없이 화목한 분위기다.

아빠와 재은이까지 담임과 인사를 하고 모두 자리에 앉는다.

"선생님, 뉴스 속보 봤어요. 죄송해요. 제가 잘못했어요. 선생님께 제가 화풀이를 했어요. 선생님도 그동안 많이 힘드셨을 텐데. 제 입장만 생각하고 선생님께 막 대했어요. 잘못했어요. 죄송합니다."

엄마가 몇 번이나 머리를 조아리며 말한다.

"이러지 마세요. 제가 어머니 입장이라도 그랬을 거예요. 충분히 이해합니다."

담임이 담담하게 대답한다. 모든 것을 초월한 사람 같다.

담임이 운전기사를 찾아가 수고한 거를 알면 엄마는 더 깜짝 놀라겠지만 담임은 엄마가 모르게 조용히 지나가기를 바란다.

"운전기사가 양심 고백을 하게 된 데 선생님 역할이 컸다고 하대요. 원인이 밝혀져서 라희가, 우리 라희가 얼마나 좋아할까? 고맙습니다. 선생님."

엄마가 담임에게 또 고개를 숙인다.

"별말씀을요. 할 일을 한 것뿐인데요. 어머님 마음이 조금이나

마 편해지신 것 같아 정말 다행이에요."

담임은 지난날 자신이 죽을 만큼 힘들었던 이야기는 한마디도 하지 않는다.

"선생님, 우리가 재은이 입양한 거 아시죠? 재은이가 우리 집에 왔을 때 서먹하고 그랬는데 라희 소원나무 열매를 열어 보면서 빠르게 가까워지고 있어요."

"정말 큰 결심을 하셨어요."

담임이 엄마와 재은이를 번갈아 보며 말한다.

"네. 라희가 남긴 소원나무 덕분이죠. 이제 와서 염치없지만 라희가 남긴 소원나무를 선생님도 함께하시면 라희가 정말 기뻐할 것 같아요. 실례가 안 된다면요."

"라희가 남긴 소원나무가 뭔지……."

담임이 말끝을 흐린다.

"재은아. 소원나무 상자 좀."

엄마가 재은이를 부른다.

재은이가 의자에 놓은 소원나무 상자를 식탁 위에 올려놓는다.

엄마가 상자를 열고 소원나무를 꺼낸다. 3이라고 쓰인 소원나무 열매를 떼어 낸다.

"선생님이 풀어 보시겠어요?"

엄마가 열매를 담임에게 건네준다.

집짓기 봉사 활동 참여하기

"집짓기 봉사 활동 참여하기? 느닷없이 집짓기 봉사 활동이라
니?"

엄마가 아빠를 본다.

"라희는 정말 특별한 아이예요."

담임이 소원나무 열매를 내려다보며 조용히 입을 연다.

"2학년 초쯤이었는데 교무실로 저를 찾아와서 고아를 위해 뭔
가 하고 싶다고 말한 적이 있어요."

"고아를 위해 뭔가를요?"

엄마가 놀라 묻는다.

"네. 고아 중 한 명을 정하고 집으로 데려가서 주말을 같이 보내
거나 형편에 따라 한 달에 한 번도 좋고 방학 때 며칠도 좋고 같이
지내는 일반 가정과 연계된 생활을 해 보는 프로그램이 있다고 했
더니 고맙다면서 밝은 얼굴이 되는 걸 보고 특별한 데 관심이 많

구나! 생각했죠."

담임이 차분하게 설명한다.

엄마가 물을 벌컥벌컥 마신다. 목이 타는 모양이다.

"집짓기 봉사 활동에 고아 돕기라니. 자기를 위한 소원은 하나
도 없어. 예상은 했지만 애가 어쩜 이래."

엄마가 맥 빠진 목소리로 혼잣말처럼 중얼거린다.

"여보, 진정해."

아빠가 걱정스럽게 엄마를 본다.

"괜찮아요. 걱정 마요."

엄마가 아빠에게 부드럽게 말한다.

'이 부드러운 말, 얼마 만에 듣는 엄마의 부드러운 목소리인가.'

나는 생각한다.

"집짓기 봉사 활동으로는 후원 참여하기와 봉사 참여하기가 있
어요. 후원 참여하기는 회비를 보내거나 물품을 제공해 주는 것이
고 봉사 참여하기는 직접 가서 몸으로 부딪치는 거죠. 라희가 원
한 게 뭐였을까요?"

담임이 엄마를 보며 묻는다.

엄마는 대답 대신 고개를 젓는다.

"제가 봤을 때 라희는 봉사 참여하기를 원했을 것 같아요. 봉사 참여하기는 집짓기 봉사와 집 고쳐 주기 봉사로 또 나뉘어요."

담임이 설명한다.

"선생님은 그런 걸 어떻게 그렇게 잘 아세요?"

엄마가 묻는다.

담임을 보는 엄마의 눈빛이 예전과 다르다. 목소리는 말랑말랑하고 고개가 앞으로 숙여지는 겸손한 엄마 모습이 참 보기 좋다.

"대학교 때 집 고쳐 주기 봉사를 간 적이 있거든요. 열일곱 명이 해외로 나갔는데 말로 표현할 수 없는 깊은 감동을 받고 왔어요."

담임이 설명하며 빙그레 웃는다.

나는 담임의 영향을 받았다. 수업 시간 때 아이들이 졸아서 공부에 집중 못한다고 담임이 해외에서 경험한 집짓기 봉사 활동 이야기를 해 준 적이 있었다. 나는 그때 집짓기 봉사 활동에 강한 인상을 받았고 내 인생에서 꼭 해 보고 싶은 일 중 하나로 꼽게 되었다. 집이 없는 사람이나 집을 고쳐야만 하는 사람들에게 도움을 주어 가장 기본적인 집에 대한 행복감을 나누는 거야말로 더불어 사는 사회, 행복한 사회를 함께 만들 수 있는 방법이라고 생각했고 이

일에 지속적으로 동참하는 게 꿈이 되고 소원이 되었다.

　엄마와 담임이 언젠가 화해를 하고 복지에 대해 함께 이야기를 주고받게 되면 좋겠다고 생각했다. 하지만 아주 먼 훗날에 이루어질 줄 알았는데 엄마 마음이 빨리 풀려서 나는 지금 무척 기쁘다.

　주문한 음식이 나온다.

　"선생님, 집짓기 봉사 활동 참여 같이하는 거 어때요? 토요일로 신청하면 같이 갈 수 있으세요?"

　아빠가 묻는다.

　"네, 함께할 수 있으면 좋죠. 대학 졸업 후에는 봉사하러 가지 못했어요. 저도 집짓기 봉사에 동참하고 싶어요."

　담임이 흔쾌히 말한다.

　"그럼 집짓기 봉사에 참여하는 쪽으로 신청하겠습니다. 필요한 서류가 있을 테니 홈페이지에 들어가 보고 연락드릴게요."

　아빠가 말하면 곧 구체적으로 진행한다는 뜻이다. 아빠가 일을 시작하면 믿을 만하다. 꼼꼼한 성격 때문이다.

　"저희 학교 봉사단도 같이 참여해도 될까요? 신청을 같이하면 한 팀으로 봉사를 할 수 있을 거예요."

담임이 뭔가 좋은 계획이 떠오른 모양이다.

"그럼 더 좋죠."

아빠가 대답한다.

나는 재은이와 이 모든 것을 같이해 나가고 싶다. 그렇게 된다면 얼마나 좋을까. 하지만 함께할 수 없어 아쉽다. 함께할 수 없는 건 무척 슬픈 일이다.

식사 시간이 길어진다. 네 사람은 식사를 하는 것보다 대화에 더 주력한다.

'그동안 서로 이야기를 안 하고 어떻게 살았을까? 공통된 이야기가 이리 많았나? 엄마와 담임이 이렇게 잘 통하게 될 줄은 진짜 몰랐어.'

나는 이 네 사람이 앞으로 울지 않았으면 좋겠다. 우는 일이 더 이상 생기지 않았으면 좋겠다.

긴 시간이 아주 짧게 지나간다. 엄마와 담임이 인사를 나누고 담임과 재은이가 포옹을 하며 눈에는 감격의 눈물이 그렁한 채 작별 인사를 하고 헤어진다.

'엄마, 담임도 우리 집에 데려와서 같이 살아. 담임 혼자 작은 아파트에서 정말 외롭고 힘들게 살거든.'

나는 엄마 곁에 서서 혼잣말로 중얼거린다.

담임이 저만치 가던 발걸음을 멈추고 뒤돌아선다.

나는 아차 싶다. 담임이 내 목소리를 듣는다는 생각을 순간 깜빡하고 말했기 때문이다.

담임이 인사를 꾸벅하고 뒤돌아 다시 걸어간다.

엄마는 담임이 떠나는 뒷모습을 한동안 서서 바라본다. 마음이 아픈 거다. 조카 같은 나이의 담임에게 심하게 했던 엄마의 말과 행동이 상처가 됐을까 봐 마음이 아파서 지난날을 지금 격하게 후회하는 중이다.

집짓기 프로젝트

엄마는 담임과 아파트 주차장에서 내일 6시 50분에 모이기로 약속한다. 아침을 차에서 먹자는 의견에 동의하고 모든 준비를 하는 중이다. 김밥은 스물세 줄, 아침에 배달해 달라고 주문한다. 바나나는 세 다발, 수박 두 덩이, 개인 물은 두 박스, 일회용 용기 한 박스는 주문 배달 완료 상태다.

엄마가 배달된 물건을 바라본다. 엄청난 양이다.

'엄마, 음식을 이만큼 많이 준비해 본 적 있어?'

엄마는 처음인 듯하다. 물 한 박스는 냉동고에 얼리고 한 박스는 냉장고에 넣는다. 후식으로 먹을 커다란 수박 두 덩이는 깍둑썰기를 한다.

나는 큰일을 척척 해내는 엄마가 낯설다. 그동안 이런 큰일은 도우미 아주머니가 대신 해 주었기 때문이다.

엄마가 수박을 썰고 재은이는 수박을 용기에 담고 일이 착착 잘 진행된다.

'주문한 김밥이 내일 아침 일찍 제시간에 도착하기만 하면 모든 준비는 끝. 뭐 이리 간단하지?'

나는 싱겁다는 생각이 든다.

밤 10시.

재은이는 침대에 누워 시계를 본다.

'잠을 자야 하는데. 내일 집 지으러 가려면 일찍 자야 하는데. 난 집 짓는 일은 할 줄 아는 게 아무것도 없다. 내가 가서 할 일이 있을까? 그 일을 잘 해낼 수 있을까?'

재은이는 걱정하는 중이다.

'벽돌을 나르라고 하면 벽돌을 나르고 모래를 가져가라 하면 모래를 날라야 하나?'

재은이는 이런저런 생각에 뒤척이다 까무룩 잠이 든다.

창밖에 요란하게 쏟아지는 빗소리가 들린다.

재은이가 눈을 뜬다. 시계를 보니 새벽 4시. 더 자야 하는데 잠이 깬 눈이 말똥말똥하다. 번개가 번쩍하더니 천둥소리가 곧 뒤따른다.

'비 많이 오면 집짓기 봉사 활동 못 가는데.'

나는 재은이 곁에서 중얼거린다.

'비 많이 오면 안 되는데. 봉사 활동 취소되는데.'

재은이가 중얼거리며 핸드폰으로 주간 날씨를 확인한다. 오전에 비 올 확률이 높은 걸 보고 인터넷을 연다. 집짓기 봉사 활동 내용을 찾아보려고 한다. 비 오는 날 할 수 있는 일이 있는지 알아보기 위해서다. 여기저기 뒤져 보는데 비 오는 날 못질할 곳에 점만 수천 개 찍고 왔다는 동아리 후기가 올라온 사이트가 있다.

"비가 와도 할 일이 있긴 있다는 거네. 봉사 활동이 완전 취소되지는 않겠어."

재은이는 안심하며 침대에 눕는다. 눈을 감고 몽롱해지는 정신을 놓으며 하나 둘 셋, 수를 세다가 깊은 잠에 빠진다.

"재은아, 일어나."

아빠 목소리다.

"무슨 일이지? 재은이는 안 깨워도 혼자 잘 일어나는데."

엄마가 재은이 방으로 빠른 걸음을 옮기며 말한다.

"재은아, 어디 아픈 건 아니지?"

엄마가 재은이 이마를 짚어 열이 있는지 확인한다.

"괜찮아요. 비 오는 소리 듣고 새벽에 깼다가 잠이 들었어요. 제가 늦잠 잔 거예요?"

"아냐. 안 늦었어. 우리 딸 알람 시간 맞춰 잘 일어나는데 안 일어나서 엄마가 걱정했지."

엄마가 손바닥으로 재은이 볼을 비빈다. 사랑스런 표현이다.

"엄마, 밖에 지금 비 와요?"

재은이가 빙그레 웃으며 묻는다.

"아니. 쨍하다."

엄마가 재은이를 가볍게 포옹하며 등을 다독인다.

'치, 둘이 너무 다정한 거 아니야? 내 생각은 안 하는 거야? 뭐지? 이 서운한 감정은.'

나는 중얼거린다.

"서두르자. 우리가 먼저 가야지. 봉사단 먹을거리가 우리 집에

다 있으니까."

아빠가 냉동고에서 물병을 꺼내며 소리친다. 목소리에 생기가 있다.

"딸, 빨리 씻고 선크림 잘 바르고 가방에 챙겨 가자. 엄마 아빠는 준비한 음식 챙겨서 나갈게."

엄마가 재은이를 등 떠밀어 욕실로 보내며 말한다.

엄마가 아이스박스를 냉장고 곁에 가져간다. 얼린 물병을 아래 한 줄 나란히 깔고 일회용 용기에 넣은 수박을 꺼내 차곡차곡 쌓는다. 빈 공간에 언 물병을 끼워 넣고 뚜껑을 닫아 마무리한다.

"재은아, 버스가 아파트 주차장에 도착해 있어. 짐 싣고 있을게. 옷 갈아입고 내려와."

아빠가 아이스박스를 질질 끌어 현관 앞에 놓으며 소리친다.

엄마는 바나나와 위생 팩을 넣은 대형 쇼핑백을 현관 앞에 갖다 놓고 냉장고에 든 물병 한 박스를 꺼내 온다.

"엄마, 물은 무거워요. 제가 들게요."

재은이가 부리나케 준비하고 나오며 말한다.

재은이와 엄마가 가방 하나씩을 둘러메고 1층 주차장으로 내려간다.

"여보, 김밥 도착했어."

아빠가 받아 두었던 김밥을 엄마 앞으로 내민다.

"약속 지켰네. 제시간에 잘 왔어. 김밥이."

엄마는 위생 팩을 꺼내며 혼잣말처럼 대답한다.

재은이가 위생 팩을 하나씩 꺼내 입구를 벌리면 엄마는 김밥 하나와 바나나 하나를 넣고 묶어 가방에 차곡차곡 담아 둔다.

담임이 봉사단 어머니 다섯 명과 학생 열세 명을 데리고 우르르 나타난다. 정확하게 아침 6시 50분에 도착한 칼같이 지킨 약속이다. 담임이 엄마 아빠에게 봉사단 학부모를 인사시킨다.

"재은이 어머님이 아침 식사를 준비해 주셨어. 하나씩 받아 들고 차에 들어가 뒷좌석부터 채워 앉도록 해."

담임이 학생들에게 지시한다.

"재은아, 이거 하나씩 집어 줘. 엄마는 아빠한테 갔다 올게."

엄마가 음식이 담긴 쇼핑백을 가리키고 자리를 피한다.

재은이가 김밥과 바나나가 담긴 비닐과 물 한 병씩을 주면 그것을 받아 든 학생들은 차에 탄다. 재은이가 학생들에게 눈도장을 찍어 주관이 누구인지 알려 주려는 엄마의 의도다. 엄마가 이런 기회를 놓칠 리가 없다.

"너, 나 알지? 2학년 때 같은 반이었잖아."

재은이 앞에 삐딱하게 선 아이가 한쪽 다리를 건들거리며 말을 건다.

재은이가 고개를 들고 그 아이를 본다.

"알지. 전주미. 너는 나 아니?"

재은이가 고개를 들고 주미를 빤히 보며 태연한 척한다. 웃음기 없는 얼굴이다. 기분 상한 거다.

"알지. 이중인격자 정재은."

주미가 비아냥거리듯 대답한다.

"아니. 나는 네가 아는 정재은이 아니야. 난 이재은이야. 나중에 조용히 얘기하자."

재은이가 당차게 말한다. 힘이 실린 목소리다. 성이 바뀐 것을 커밍아웃 하는 첫 번째 아이가 주미다.

나는 두 사람이 마주한 걸 보니 가슴이 후당당거린다. 유쾌하지 않은 만남이다. 재은이는 지금 태연한 척하지만 분명히 도망치고 싶을 거다. 두 사람이 해결되지 않은 감정의 찌꺼기가 남아 있는 한 이 찝찝한 기분은 사라지지 않을 테니까. 한때는 꽤 친한 두 사람이었는데 원수 같은 관계가 된 게 정말 안타깝다.

"넌 오늘 친한 척했다가 내일이면 쌩까잖아. 그게 너 특기지?"

주미가 아침거리와 물병을 받아 들고 버스에 올라탄다.

'저 마음으로 자원봉사를 하러 오다니.'

나는 혀를 끌끌 차며 고개를 절레절레 흔든다.

재은이는 엄마와 담임이 어디 있는지 재빠르게 살핀다. 이 광경을 보지 않기를 바라는 마음이다.

담임은 봉사단 어머니들과 이야기를 나눈다. 봉사자들이 청소년들이어서 제출한 자원봉사 동의서와 보험 든 것까지 꼼꼼하게 확인하는 중이다.

엄마는 아빠와 차 뒤에 실은 아이스박스를 확인하지만 재은이와 먼 거리는 아니다.

"재은아, 무슨 일이니?"

엄마가 재은이에게 이상한 기류를 느끼고 다가와 묻는다.

"전학 가기 전에 해결되지 않은 일이 좀 있었어요. 엄마, 차차 말씀 드릴게요. 어쩌면 오늘 해결할 기회인지도 몰라요."

재은이가 별일 아니라는 듯 얼른 대답한다.

"어려워 말고 엄마한테 당장 말해. 네가 싫다면 쟤 빼고 갈 거니까. 쟤가 하는 말, 엄마가 다 들었어. 내 딸한테 감히 그 따위로 말을 하다니."

엄마 얼굴은 이미 굳었고 독이 올라 붉다. 재은이가 주미랑 같이 가기 싫다고 한마디만 하면 주미 손목이라도 잡아채 차에서 끌어 내릴 기세다.

"엄마, 아니에요. 제가 해결할 수 있어요. 저를 믿어 주세요."

재은이가 속삭이듯 말하며 웃는 표정을 짓지만 잘 웃어지지 않는다.

"어머님들 탑승하시죠."

담임이 봉사단 어머니들을 인솔한다.

"선생님, 어머님들도 이거 하나씩 가져가시면 돼요."

재은이가 아침거리를 내밀며 말한다.

"어머나. 그래, 애쓴다. 이런 게 다 봉사지."

봉사단 어머니들이 한마디씩 거들며 재은이를 칭찬한다.

담임, 엄마, 아빠, 재은이가 차례로 차에 오른다.

재은이가 차 안을 빙 둘러본다. 모두 의자에 앉았고 가운데 세워진 보조 의자만 비어 있다. 담임이 보조 의자를 펴고 앉는다.

"선생님, 보조 의자에 앉아 가셔도 되겠어요? 힘드실 텐데."

아빠 목소리가 꽤 크다.

나는 아빠의 의도를 안다. 누군가 담임에게 보조 의자가 아닌 자리를 양보해 주기를 바라는 거다. 하지만 아무도 일어나지 않는다. 마치 그 자리가 자기들 지정석인 양 꿈쩍도 않고 김밥 먹기에만 바쁘다.

"네. 괜찮아요."

담임이 보조 의자에 덤덤하게 앉아 말한다.

엄마, 아빠, 재은이가 보조 의자에 앉을 때 버스가 움직이기 시작한다. 춘천 집짓기 봉사 활동 현장을 향해 달려간다.

7시 정각에 출발. 계획대로 진행되지만 나는 재은이가 걱정스럽다.

재은이는 주미 저 아이와 갈등이 아주 심했다. 주미는 전에도 재은이를 격하게 저주했고 이중인격자라고 떠벌렸으며 다른 친구들까지 선동해 재은이와 놀지 못하게 했다. 결국 재은이가 왕따가 되는 주도적인 역할을 주미가 한 셈이었다.

나는 그 사실을 알았고 재은이의 마니또가 되었다. 주미를 말려 보려고 했지만 실패했기에 재은이를 돕는 데 주력했다.

나는 이제 재은이의 마니또가 될 수 없다. 담임에게 도움을 청해야 한다. 지금은 그 방법밖에 재은이를 도울 길이 없다.

재은이는 주미에게 눈길이 간다. 주밀하게 살피려는 건 아니지만 주미가 김밥을 먹는지 바나나를 먹는지 물을 먹는지 꾸벅꾸벅 졸고 있는지 자꾸 신경이 쓰이는 거다.

나는 담임에게 이야기하려고 한다. 재은이와 주미 사이를 간략하게라도 설명해야 한다. 담임이 알고 있으면 더 큰 불행을 예방할 수가 있을 테니까. 하지만 이 좁은 차 안에서는 말할 수가 없다. 담임은 내 말을 들으면 분명 어떤 반응을 할 것이 뻔해서 담임 보호 차원에서 차 안에서는 말을 할 수가 없다.

두 시간 만에 춘천 집짓기 봉사 활동 현장에 도착한다. 식당으로 안내되어 자리에 앉자마자 오리엔테이션이 열린다.

집 지어 주기 활동 목적은 모든 사람들에게 안락한 집이 있는 세상을 만드는 것이다. 전 세계적으로 한국을 비롯해 70여 개 국가에서 집짓기와 집 고치기 사업을 진행하고 있다.

"벽에 걸려 있는 흰색 안전모에 망을 넣고 착용한 다음 밖으로 나가세요."

감독관이 지시한다.

재은이는 안전모 하나를 들고 속에 망을 하나 넣는 것까지 잊지 않는다. 봉사단 어머니들은 아이들이 쓴 안전모가 하나하나 잘 됐는지 확인하고 아이들을 식당 밖으로 내보낸다.

재은이는 빨간 안전모를 쓰게 될 줄 알았는데 흰색 안전모를 쓰게 된 게 퍽 실망스러운 눈치다. 밖에 나가 줄을 서고 간격을 넓혀 체조 대형으로 섰을 때 감독관이 안전모에 대해 설명한다.

빨간색 안전모를 쓴 사람은 건축 전문가이고 파란 안전모를 쓴 사람은 자원봉사를 꾸준히 정기적으로 오는 사람이며 하얀색 안전모를 쓴 사람은 한 번 왔다 가는 자원봉사자다. 그러니까 하얀 안전모를 쓰는 사람은 초보 자원봉사자인 셈이다.

재은이는 설명을 듣고 나서 빨간 안전모에 대한 미련을 버린다. 건축의 전문가를 넘볼 수 없기 때문이다. 기본적인 체조를 하고 앞사람에게 손을 얹어 안마를 하고 뒤돌아서서 다시 안마를 하고 두 줄로 맞춰 천막이 쳐진 공사 현장으로 이동한다.

공사 현장에는 널따란 판자 위에 세모 모양으로 굵직한 송판이 대 있고 공업 연필로 그림이 그려져 있다. 그 그림에 맞게 잘라진 나무를 갖다 놓고 지붕틀을 잡는다. 그 틀을 이어 줄 송판을 오른쪽에 하나 왼쪽에 하나 가운데와 위에 양쪽으로 두 개와 아래 양쪽으로 두 개를 대고 정중앙에 오도록 맞춘 다음 연필로 위치를 그려 놓는다. 그런 다음 공업용 풀을 아주 얇게 펴 바르고 그 위에 송판을 얹고 한 사람이 미끄러지지 않게 눌러 균형을 잡는다. 또 다른 사람이 망치질을 해 못을 반만 박아 놓은 뒤 미끄러지지 않게 송판을 잡으면 반대쪽 사람이 망치질을 해 못을 또 반만 박아 놓는다. 그렇게 균형을 잡고 위치가 고정됐다 싶으면 못 머리가 튀어나오지 않게 망치로 힘껏 쳐 때려 박는다. 못 박을 자리에 점이 다 찍혀 있어서 그 간격을 유지하면서 십여 개의 못을 다 박고 망치 끝으로 튀어나온 못이 있는지 긁어 확인하면 된다. 2인 1조가 되어 협동해 망치질을 다 끝내면 커다란 삼각형 지붕틀이 만들어진다.

하지만 이게 끝이 아니다. 한쪽 형태가 붙은 지붕틀을 돌려서 뒤편에도 똑같은 방법으로 작업해야 튼튼한 지붕틀이 완성된다. 집 크기만큼의 커다란 삼각형이라 뒤집는 데도 여러 사람의 손이 필요하다. 조심조심 힘 조절을 하지 않으면 꺾어지거나 부러져서 지붕틀을 망치게 된다. 앞뒤로 하나를 만드는 데 30분 정도가 소요된다.

지붕틀 만들기는 한 번 만들었더니 두 번째 지붕틀은 조금 더 쉽고 빨리 만든다. 못 박을 곳에 점을 찍고 간 자원봉사자들은 눈이 어지러웠을 것 같다. 점 찍힌 곳을 한동안 바라보고 있으면 어질어질해진다. 좀 힘들어도 크게 어렵지 않은 단순 반복 노동 망치질이 그나마 낫다. 하지만 어깨와 팔에 힘이 꽤 들어가는 작업이다.

재은이는 담임과 오른쪽 부분에 못 박는 조로 구성되어 잘 진행해 간다. 엄마는 주미와 바로 옆에서 조를 이루어 가운데 네모 모양 송판에 못 박는 일을 한다. 엄마가 재은이 가까이에 있으려고 한 것을 나는 안다. 주미에게서 재은이를 지키려는 의도가 보인다. 주미는 선글라스를 끼고 있어서 누구를 어디를 보고 있는지 알아챌 수가 없다.

자원봉사자들이 지붕틀 두 개를 만들어 완성해 한쪽에 갖다가 차곡차곡 잘 뉘어 놓는다. 세 번째 지붕틀을 다 만들었을 때 감독관이 완성되는 시간이 단축되었고 아주 잘한다고 격려해 준다.

"이 집에 입주할 사람들에게 축복의 메시지를 써 주세요. 그러면서 조금 쉴게요."

감독관이 조별로 매직을 하나씩 나눠 준다.

"여기는 선생님이 써 주세요."

재은이가 매직을 담임에게 넘긴다.

행복이 가득한 집이길 기원합니다!

'행복이 가득한 집.'

재은이는 담임이 쓴 메시지를 나직하게 읽는다. 그러고는 엄마
와 주미가 쓴 축복의 메시지를 본다.

행복하게 잘 사세요!

나는 주미가 들고 있는 매직을 바라본다. 그러니까 엄마가 쓴 게
아닌 걸 확인한다. 행복하게 잘 살라는 그 말을 주미가 재은이에
게 해 주면 좋겠다. 이해하는 마음을 갖고 서로 행복하면 좋겠다.

"자, 다 쓰셨으면 지붕틀을 옮겨 놓겠습니다. 그동안 두세 분은 빗
자루로 틀에 낀 흙을 쓸어 내 주세요."

감독관이 매직을 걷어 가며 지시한다.

망치질했던 사람들 대부분은 지붕틀을 옮기러 딴 곳에 가고 재
은이와 엄마가 빗자루를 든다.

"재은아, 괜찮니?"

엄마가 쓰레질을 하며 묻는다.

"네, 엄마. 괜찮아요."

재은이가 엄마를 보고 웃는다. 억지웃음이다. 엄마를 안심시키려고 재은이가 웃는다. 주미와의 불편한 마음을 참고 있으면서 바보같이 괜찮다고 한다.

'말해. 재은이 너, 안 괜찮잖아.'

나는 담임이 있다는 생각을 순간 또 잊어버리고 소리친다. 아차 싶어 두리번거리니 지붕틀을 옮기는 곳에 담임이 가 있다.

'엄마가 곁에 없을 때 말하는 게 좋겠어.'

나는 담임 곁으로 간다.

'선생님. 라희예요.'

"응. 라희야."

담임이 두리번거리며 엄마 아빠를 찾는다.

엄마는 지붕틀을 만든 곳에서 재은이와 쓰레질을 하고 아빠는 처음부터 타일을 나르는 곳에 가서 일하기 때문에 담임 주변에는 없다.

'재은이 왕따시킨 애가 주미예요. 알고 계셔야 할 것 같아요.'

"알겠어. 라희야, 너 여기 와 있는 줄 몰랐어."

'선생님, 제 말에 대꾸하지 마세요. 다른 사람들이 보면 선생님 혼자 떠든다고 이상하게 생각해요.'

담임이 고개를 끄덕이며 주변 사람들을 살핀다.

지붕틀을 옮긴 사람들이 천막으로 다시 모인다. 똑같은 일을 또 반복한다. 틀 안에 맞는 나무들을 갖다 넣고 송판을 올리고 공업용 풀을 칠하고 망치질을 한다.

재은이가 작업 가방에 손을 넣는다. 못이 없다. 못을 가지러 가기 위해 발걸음을 옮긴다. 그때 같은 방향으로 움직이던 주미와 부닥친다. 재은이가 발을 헛디디는 바람에 앞으로 고꾸라지면서 작업 선반을 잡고 지탱하려고 한다. 그러자 작업 선반에 못이 담긴 통과 공업용 풀이 튕기면서 재은이 발 위에 쏟아진다. 퉁탕퉁탕 한순간에 벌어진 대형 사고 같은 소리가 난다.

"악, 재은아, 재은아."

엄마가 놀라 달려간다.

재은이가 아무렇지 않은 듯 일어나 옷을 툴툴 턴다.

"괜찮아? 다치지 않았어?"

엄마가 재은이 옷에 묻은 먼지를 털며 여기저기 살핀다.

재은이는 엉망진창으로 넘어졌는데 같이 부딪친 주미는 멀쩡하게 서서 비웃고 있다.

"애, 넌 일하면서 무슨 선글라스를 끼니? 앞이 안 보이니까 부딪쳐서 이런 일이 생기잖아?"

엄마가 주미에게 화풀이를 한다.

"저는 안전모에 달린 고글 쓰면 앞이 안 보여요. 선글라스는 제 시력에 맞춰져서 잘 보인단 말이에요."

주미가 엄마에게 짜증을 낸다.

"아무튼, 조심 좀 해라."

엄마가 할 말이 없어지자 안전에 신경 쓰는 말로 돌린다.

나는 웃음이 난다. 엄마가 할 말이 없어졌을 때 하는 말이 '아무튼'이다. 내가 사회복지사가 되겠다고 했을 때 나는 엄마한테 '아무튼 안 돼.' 그 말을 수십 번도 더 들은 것 같다. 정당한 이유 없이 거절하는 엄마가 짜증 나고 싫었는데 이제는 그것마저 그리워서 잔소리라도 들었으면 좋겠다.

지붕틀 네 개를 완성하고 나서 점심을 먹으러 간다. 볶음밥이다. 여러 가지 채소가 들어가고 계란도 들어 있다. 볶음밥 위에 짜장 소스를 부어 비벼 먹는다. 빨간 안전모를 쓴 건축 전문가들과 자

원봉사를 꾸준하게 하러 오는 파란 안전모를 쓴 사람들 모두 같은
점심을 먹는다.

　엄마가 봉사단 어머니들을 데리고 아이스박스를 둔 곳으로 간
다. 수박이 담긴 용기를 하나씩 꺼내 식탁에 놓고 두 사람씩 같이
먹도록 하니 현장에 있는 사람들 모두 다 같이 수박을 먹을 수 있
다. 얼린 생수병도 식탁에 꺼내 놓았지만 이곳에 얼음물이 준비되
어 있어 얼린 생수는 인기가 없다.

　"화장실 가실 분들은 차에 타세요."

　감독관이 사람들을 모아 차에 태운다. 작업 현장에는 화장실이
없기 때문에 근처 마을 회관까지 가야 한다.

　마을 회관 옆에 슈퍼가 있다. 담임이 슈퍼에 들어가 빙과 한 보
따리를 사 가지고 나온다. 작업 현장에 돌아와 나눠 먹는다. 모두
달달한 빙과에 피로를 날리며 싱글벙글 좋아한다.

　달콤했던 휴식 시간이 끝나고 오후 작업이 시작된다. 똑같은 일
을 반복하니 지루하고 긴장이 느슨해지기도 한다.

　"지난 자원봉사자들은 지붕틀 몇 개 만들고 갔나요?"

　담임이 묻는다.

　"대학생 스무 명이 열한 개 작업하고 갔습니다."

감독관이 대답한다.

"자, 우리는 지붕틀 열 개를 목표로 합니다. 파이팅!"

담임이 망치를 들고 외친다.

재은이는 파이팅을 외치고 뻐근해지는 어깨를 옴죽거린다. 힘든데 힘들다고 말할 수가 없다. 모두 힘들다고 엄살하지 않기 때문이다.

재은이가 망치질을 시작한다. 탕, 빗맞은 못이 튕겨 나간다.

"악!"

주미가 비명을 지른다.

"미안, 못이 튕겼어."

재은이가 소리친다.

재은이가 친 못이 망치를 빗맞고 주미 얼굴을 스쳐 간 거다.

주미가 선글라스를 벗는다. 선글라스는 금이 가 있고 눈 옆으로 못이 스친 탓에 피부가 붉다.

"얘, 괜찮니?"

엄마가 재은이 반응을 보더니 얼른 주미에게 묻는다.

"아줌마, 이것 좀 봐요. 괜찮아 보여요? 선글라스 낀다고 뭐라고 하시더니, 이게 제 눈을 살렸네요."

주미가 금 간 선글라스를 엄마 앞에 내밀며 퉁명스럽게 말한다.

"선글라스는 아줌마가 좋은 걸로 새로 맞춰 줄게. 다른 데 다치지는 않았어?"

엄마가 주미 얼굴을 살핀다.

"이만하길 천만다행이야. 눈 주위가 빨개졌어. 가서 치료하자. 이만하길 진짜 다행이다."

담임이 얼른 끼어들어 주미를 데리고 식당으로 간다.

재은이가 담임 뒤를 따라간다.

"선생님, 제가 약 발라 줄게요."

재은이가 담임 손에 들린 연고를 받아 든다.

"그래. 그게 좋겠다. 재은이가 발라 주고 같이 앉아서 좀 쉬었다가 와."

담임이 태연한 척 재은이에게 연고를 주고 나가다가 뒤돌아본다. 두 사람 관계가 걱정되는 거다.

"안경 쓰고 있어서 다행이야. 병원 갈 만큼 다치지 않아서 진짜 다행이야."

재은이가 면봉에 연고를 묻히며 중얼거리듯 말한다.

"됐고. 넌 왜 이재은인데?"

주미가 퉁명스럽게 묻는다. 궁금하긴 한가 보다.

"입양됐어. 라희 부모님한테."

"뭐?"

주미가 얼굴을 찡그린다.

"입양 사실을 공개하겠다고 마음먹으니까 지금은 괜찮은데 2학년 때는 내가 옹졸했어. 가정위탁 보육 엄마랑 살았는데 그게 밝혀지는 게 싫어서 누구와도 친하게 지내지 않았거든."

"지금은 왜 밝혀? 가정위탁 보육 엄마나 입양돼서 생긴 새엄마나 진짜 엄마가 아닌 건 마찬가지잖아. 뭐가 다르다고."

주미가 헛웃음을 친다.

"그러게. 뭐가 다르다고. 같은 보육 엄마인데. 사실 너랑 관계가 나빠지면서 지나치게 숨기려고 하는 건 좋지 않다고 생각했어. 그래서 입양 사실 숨기지 않기로 마음먹은 거야. 주미야, 미안해. 내가 어리석었어. 친구에게 거리를 둘 만큼 내가 비밀을 지키고 싶었는데. 그 비밀이라는 게 내 열등감이기도 해. 그러다 보니 내 마음하고 다르게 너에게 상처를 주게 됐나 봐. 진짜 미안해."

"진작 말하지. 나는 너를 진짜 친구로 생각했거든. 그래서 난 내 비밀을 너한테 고백하고 싶은 마음이 생겼는데. 니가 쌩까니까 약

오르잖아."

주미 말투가 좀 누그러졌다.

"비밀?"

"응. 나 보육원에서 살거든. 그 사실을 너한테 털어놓고 싶었어. 친해졌다고 생각한 네가 갑자기 나를 쌩까니까 화가 나더라. 나도 너한테 못할 짓 많이 했다. 미안해."

주미가 이마를 문지르며 말한다. 생각지도 않았던 사과를 하려니 낯 뜨거운 모양이다.

"주미야, 내가 더 나빴어. 내 자존심 지키느라 본의 아니게 널 아프게 했어."

재은이가 볼에 흘러내리는 눈물을 손등으로 닦아 낸다.

"재은이 너도 나랑 같은 처지였는데 내가 너를 많이 힘들게 했네. 일부러 너를 왕따시키고. 나도 마음 편하진 않았어."

주미가 힘 빠진 목소리로 말한다.

"얘, 괜찮은 거니?"

엄마가 식당으로 들어서며 묻는다.

"네. 괜찮아요. 아줌마."

주미가 일어서며 대답한다. 아주 공손한 태도다.

"선글라스 쓰고 있어서 그나마 다행이다. 아까는 아줌마가 예민하게 굴어 미안하다. 재은이 어떻게 되는 줄 알고 식겁해서 그랬어. 너 미워서 그런 건 아니니까 너무 신경 쓰지 마. 재은아, 너 왜 울어? 얘, 너, 우리 재은이 괴롭혔니?"

"아니에요. 재은이한테 궁금한 거 물어봤어요."

주미가 고분고분하다.

"우리 재은이 속 시끄럽게 하는 거면 묻지도 마. 약 다 발랐으면 빨리 나가자. 다른 사람들이 걱정하고 있어."

엄마가 식당을 나가며 말한다.

"주미야, 미안해. 울 엄마가 좀 예민해."

재은이가 엄마 뒷모습을 보며 주미에게 속삭인다.

"부럽다. 딸한테 지극정성인 엄마가 있어서. 이것저것 안 따지고 무조건 네 편만 들잖아. 나도 내 편 드는 엄마가 있으면 좋겠다."

주미가 피식 웃는다.

"아무튼, 우리 옛날 일, 서로 퉁치자. 응? 너도 잊어버려. 나도 잊을게."

재은이가 손바닥으로 얼굴을 문질러 정리한다.

"나도 엄마 아빠 다 있는 그런 집에서 살고 싶다. 우리가 짓는 이 집에 들어와서 사는 사람들은 그런 행복을 누리며 살았으면 좋겠어."

주미가 식당 밖으로 나가며 중얼거린다.

"그러게. 모두 행복한 집에서 살았으면 좋겠네."

재은이가 대꾸하며 주미 뒤를 따라 나간다.

뚝딱뚝딱 망치질 소리가 요란하다. 지붕틀 만들기 작업은 쉬지 않고 진행된다.

"선생님, 오늘 작업은 언제까지 할 수 있나요?"

감독관이 담임에게 묻는다.

"4시까지 하면 좋겠어요. 중학생들이니까 6시까지는 무리인 듯해요."

담임이 대답한다.

"네. 좋습니다. 잠깐 쉬는 시간 갖겠습니다. 건물 짓는 뒤편에 깨끗한 물이 흘러요. 세수해도 괜찮은 좋은 물입니다."

감독관이 설명한다.

"엄마, 우리 세수하러 가요."

재은이가 엄마 팔짱을 낀다.

"그래, 덥다. 세수하러 가자."

엄마가 재은이 팔을 다독이며 걷는다.

담임이 손목에 감은 손수건을 풀어내며 두리번거린다. 주미와 눈이 마주치자 주미 손을 잡고 엄마와 재은이 뒤를 따라간다.

재은이는 흐르는 물을 들여다본다. 맑다. 바닥에 모래 사이를 헤엄치는 물고기도 보인다. 수건을 적셔 적당히 물을 짜내고 얼굴을 닦고 목을 닦아 낸다. 수건을 다시 빨아 또 한 번 반복한다.

"재은이, 너 얼굴 빨갛다. 따끔거리지는 않니? 천막 안에서 작업했어도 햇볕에 탔나 봐."

엄마가 재은이 얼굴을 살피며 말한다.

"엄마도 그래요. 우리 가서 선크림 또 발라요."

재은이가 엄마 손을 잡고 식당으로 간다.

엄마가 힘에 겨운 듯 식탁에 엎드려 대형 선풍기 바람을 쐰다. 엄마에게 수백 번의 망치질은 쉽지 않은 일이다. 재은이가 선크림을 꺼내 와 엄마 얼굴에 펴 발라 준다.

"재은아, 힘들지?"

엄마가 감았던 눈을 뜨며 묻는다.

재은이가 고개를 가로저으며 선크림을 얼굴에 바른다.

"우리 라희, 참 괴물이야. 왜 이렇게 힘든 자원봉사를 원했을까? 속을 알 수 없는 아이야. 정말."

엄마 눈에 눈물이 맺힌다.

재은이가 엄마 눈물을 보고 긴장한다.

'엄마, 편안한 생활에 젖어 있으면 우리가 얼마나 행복한지 모르잖아. 집을 얻기 위해 애쓴 사람들을 생각하며 행복을 힘겹게 얻는 사람들도 있다는 걸 알고 살아가면 나를 돌아볼 수 있잖아.'

나는 나직하게 말하며 두리번거린다. 담임이 어디 있는지 알기 위해서다.

담임은 봉사단 어머니들과 아이들을 챙기느라 엄마와 멀찍이 떨어져 있다.

아빠와 남학생 몇 명이 식당으로 들어온다.

"아빠!"

재은이가 달려가 냉장고에서 찬물을 꺼내 아빠 앞에 내민다.

"울 딸 힘들지는 않아?"

아빠가 수건으로 땀을 닦으며 묻는다.

"전 괜찮아요. 아빠, 엄마가 많이 힘들어해요."

"라희 소원 생각하느라 그럴 거다. 저녁에 다 같이 맛있는 거 먹으러 가자. 기운 나게."

아빠는 엄마에게 성큼성큼 걸어간다.

"여보, 많이 힘들어? 견디기 힘들면 좀 쉬어. 쉰다고 뭐랄 사람 아무도 없어. 괜찮은 거야?"

아빠가 엄마에게 얼음물을 내민다.

"응. 집짓기 봉사 활동 참여하기. 여보, 라희는 왜 이런 게 소원이었을까? 저 자신을 위한 것도 아닌데 뭐라고 이리 힘든 일을 소원으로 했을까? 내 딸인데 그 속을 정말 모르겠어."

엄마가 아빠를 보자 흐느끼기 시작한다.

'서울깍쟁이 울 엄마. 자신의 행복만을 생각하는 울 엄마. 언제 성숙해지려나?'

나는 생각한다.

행복한 집, 그 자체만을 꿈꾸는 사람들이 얼마나 많은지 엄마는 깨달아야 한다. 엄마는 다 가졌기 때문에 부족함을 모른다. 하지만 엄마가 지금 많은 것을 인내하고 있다는 사실을 나는 안다. 내 생각을 하며 손수 망치질해 만들어지는 집 한 부분을 담당했다는 자부심을 안고 입주할 사람을 생각하며 힘든 시간을 견디는 중이다. 힘듦을 참지 못하는 엄마가 행복을 가꾸어 갈 집을 만드는 일에 일손을 보태며 결코 쉽지 않은 오래 참음을 실행하는 중이다. 아빠는 누구보다 엄마의 그 마음을 잘 알고 있기에 엄마를 위로하고 있다.

오후 작업을 시작해 4시가 훌쩍 넘어 지붕틀 열 개를 완성하고 작업을 마무리한다. 커다란 비닐로 작업장에 있는 나무판자와 만든 지붕틀을 각각 덮는다. 비가 오더라도 비 맞지 않게 꼼꼼하게 싸 두는 작업이 비설거지라고 한다.

아빠는 기사에게 예약한 춘천 닭갈비 집 주소를 준다. 저녁은 거기 가서 먹을 예정이다. 아빠가 대접하는 거다. 미리 예약을 해 놓아 자리에 앉자마자 음식이 나온다.

"주미야, 내 앞에 앉아."

재은이가 주미를 잡아끌어 앞 좌석에 앉힌다.

의외다. 나는 재은이가 주미를 피할 줄 알았는데 주미에게 적극적이다. 그런 모습이 예쁘다. 그런 재은이가 정말 마음에 든다.

재은이는 닭갈비를 구워 주미 앞에 놓아 준다. 엄마가 내게 하듯이 재은이가 지금 주미에게 엄마 노릇을 한다.

"재은이 너도 먹어."

"응. 먹고 있어."

재은이가 쌈을 싸서 입에 넣는다.

아빠가 쟁반 막국수 다섯 개를 주문한다. 고기를 다 구워 먹어 갈 때쯤 쟁반 막국수가 나온다.

"막국수, 내가 비빌게."

주미가 비닐장갑을 낀다. 막국수 위에 얹혀 나온 야채와 양념 고추장을 섞어 조물조물 비벼 앞 접시에 하나씩 잘 분배해 담아 놓는다.

"나는 국수 많이 줘. 배고파."

재은이가 주미에게 앞 접시를 내민다.

주미가 재은이를 보고 피식 웃는다.

'얘들, 금방 이렇게 풀릴 거면서 옛날에는 왜 그 난리를 쳤어? 기막혀. 진짜.'

나는 헛웃음을 짓고 만다.

재은이는 후식으로 아이스크림을 컵에 덜어 먹으며 버스에 오른다. 왔던 그대로 자리에 앉는다.

담임이 안전벨트를 맸는지 하나하나 확인한다.

"주미, 선생님께 자리 양보 좀 하지."

재은이가 창밖을 보며 혼잣말처럼 중얼거린다.

주미가 재은이를 힐끔 쳐다보고는 군말 없이 담임한테 자리를 내준다. 담임은 엄마한테 자리를 양보한다. 봉사단 회장 어머니가 담임에게 자리를 양보하고 보조 의자에 앉는다. 좋은 현상이다.

재은이는 차가 출발한 지 10분도 안 되어 고개를 푹 숙인 채 잠에 빠져든다. 지친 몸 기댈 곳 없는 머리가 꾸벅꾸벅 흔들거려 애처롭다.

재은이는 마음과 행동의 차이가 적을수록 건강한 사람이고 통합적인 사람이라는 말을 들었지만 어떻게 해야 마음과 행동이 같은 사람이 되는지 잘 모른다. 그러나 적극적으로 지원해 주는 엄마 아빠 덕분에 새로운 삶을 맞이하며 당당해지고 있다. 엄마 아빠가 든든한 방패가 되어 줄 것을 완전히 신뢰하기 때문이다. 좋은 현상이다.

마을 전시회

재은이는 수업 시간에 배운 것을 쉬는 시간에 몽땅 암기한다. 학교는 공부 잘하는 학생에게 관용을 베풀고 우대를 하며 환경까지 극복할 수 있게 한다. 공부 잘하는 학생은 잘못을 해도 실수로 여겨지기 쉽고 여러 수혜를 입을 수 있다. 따라서 학생은 공부를 잘하고 봐야 한다는 게 재은이 생각이다.

재은이는 벽화 동아리 선생님을 찾아가 친구들과 마을에 벽화 작업을 하고 전시회도 열고 싶다고 말한다. 그러면서 작업을 하려는 이유를 설명하고 협력해 줄 것을 부탁한다.

담당 선생님은 재은이가 전에 다니던 학교 담임을 통해 재은이에 대한 정보를 알아낸 뒤 엄마와 통화를 하고 벽화를 그리면 봉사 점수를 주기로 한다.

벽화 동아리 아이들은 방과 후 벽화를 그리기 위해 아파트 주차장에 출근 도장을 찍는다.

아파트 주차장에 벽화를 그리는 일은 덩어리가 아주 큰 작업이라 일손을 보태겠다는 단체들도 신청을 한다. 대학생 그림 작가 동아리, 일반 기성 그림 작가 구성원 등 여러 곳에서 연락이 온다. 기성 작가들이 이야기가 있는 벽화를 기획하고 밑그림 작업을 시작하고 벽화 동아리 회원들이 색칠해 특색 있는 벽화가 완성되어 간다.

벽화는 아파트 주차장에서부터 계단으로 올라와 아파트 1층으로 연결된다.

벽화를 따라가면 누구라도 그 아파트 자투리 공간에 마련된 그림 전시회장에 이른다. 이 많은 공간과 시설이 마련될 때까지 숨은 손길이 아주 많다.

재은이는 내가 몰랐던 아주 특별한 능력이 있다. 무엇보다 전체를 볼 줄 아는 눈이 있다. 전체를 볼 줄 알아야 멀리 볼 수 있다고 아빠가 해 주던 말이 생각난다. 그때는 그게 무슨 뜻인지 몰랐는데 재은이가 벽화 작업과 전시회 일을 진행하는 걸 보니 느낌이 온다.

재은이가 아빠의 꼼꼼하고 섬세함을 이어받는다면 재은이는 또 다른 새로운 사람으로 태어날 가능성이 높다.

'쟤, 말할 줄 아네. 그동안 도대체 무슨 일이 벌어진 거야?'

아이들이 수군거린다.

재은이가 반에서 얻은 별명은 '말할 줄 아는 애'다. 나는 마을에서 하는 큰 프로젝트를 준비하기도 하고 여러 일에 적극적으로 나서는 재은이에게 너무 나댄다는 화살이 꽂힐까 봐 걱정이 된다.

재은이는 엄마가 흔쾌히 내준 카드를 들고 햄버거 집으로 간다. 음악 동아리 아이들을 만나기 위해서다.

"작품 전시회 날, 세 곡이나 네 곡 정도 공연을 해 줄 수 있어?"

재은이가 묻는다.

"이 햄버거가 어째 순수하지 않다 했다."

음악 동아리 아이들은 햄버거가 쥐약이라고 아우성쳤지만 곧 긍정의 대답을 한다. 학교 축제 때 말고는 딱히 발표할 장소가 없기 때문에 공연에 목말랐던 음악 동아리 아이들이 기대에 부푼다. 즉석에서 노래 부를 순서를 정하고 전시회에 어울릴 만한 곡을 선별하느라 시끄럽다.

재은이는 일이 착착 잘 진행되는데 불안함을 느낀다. 한 번도 일사천리로 해 본 일이 없기 때문이다. 일요일에 친구와 함께 교회에 가는 일조차 순탄하게 해 보지 못한 재은이가 느끼는 불안은 어쩌면 당연한 건지도 모른다. 거절의 반복은 재은이 마음을 움츠러들게 하고 급기야 뭔가를 해 볼 용기조차 사라지게 했기 때문에 말수가 적어지고 친구들과 어울리지 않게 된 거다.

재은이가 집에 돌아와 엄마에게 카드를 내민다.

"다 쓴 거야? 더 안 필요해?"

엄마가 묻는다.

"네, 엄마. 사랑해요. 정말 고마워요."

재은이가 엄마에게 안기며 흑흑 울기 시작한다.

"재은아, 너 이러면 엄마 겁나. 무슨 일이야?"

"엄마. 진짜 고마워서 그래요. 지금까지 살면서 이렇게 적극적인 지원을 받고 자신감 넘치게 살아 본 적이 없어요. 제가 엄마 카드를 쓰는 날이 오다니. 좋은데 왜 자꾸 불안한 마음이 드는지 모르겠어요."

재은이가 쑥스러운 듯 웃으며 눈물을 닦는다.

'저 계집애. 울다가 웃으면 어디 어디 털 난다고 했는데 또 저런 다.'

나는 재은이를 비웃어 준다.

"재은아, 실패를 자주 경험해서 그런 걸 거야. 재은이 곁에는 엄마 아빠가 있으니까 이제 괜찮아. 아무것도 걱정하지 마. 너 하고 싶은 거 다 하고 살아. 엄마 아빠가 그렇게 해 줄 거야. 그러니까 울지 마. 불안해하지도 말고. 우리 딸 이렇게 여린 줄 몰랐네."

엄마가 재은이 등을 토닥여 준다.

"엄마, 보여 드릴 게 있어요."

재은이가 엄마 품에서 떨어지며 말한다.

"뭔데?"

엄마는 눈을 동그랗게 뜨고 묻는다.

재은이는 엄마가 묻는 말에 대답도 안 하고 방으로 들어가 스케치북을 꺼낸다. 그중에 그림 한 장을 펼쳐 놓는다.

내가 그리다 만 수채화다. 아낌없이 주는 나무를 표현하고 싶었는데 입체감이 살아나지 않아 색칠하다가 그만둔 그림이다.

"라희 거예요. 완성 안 된 그림."

"그렇구나. 여기 꾸며진 종이접기는 재은이 솜씨?"

엄마는 단번에 알아본다.

'그래. 내가 손재주가 좀 없기는 하지. 하지만 엄마, 나도 종이접기 곧잘 하거든. 흥!'

나는 중얼거리며 입을 삐죽거린다.

나무 그늘 아래 의자, 입체감을 표현하려고 그리고 지우기를 반복하다가 완성 못한 그림. 거기, 의자가 있어야 할 딱 그 자리에 재은이가 색종이로 의자를 접어 붙여 놓아 입체감이 제대로 난다.

"제가 종이접기를 해서 공간을 좀 채워 더 꾸며 보면 어떨까 해요. 안 꾸미는 게 나을까요?"

재은이가 엄마를 힐끔 쳐다본다.

"아니, 해 봐. 합작도 의미 있을 것 같아. 라희가 뭔가를 표현하려고 했던 것 같은데. 무엇을 표현하려고 했을까?"

엄마는 스케치북 속의 커다란 나무를 손으로 매만지며 뭔가를 유추해 내려고 한다.

'엄마, 그냥 아낌없이 주는 나무를 그린 거야. 뭐 별다른 의미는 없어.'

나는 중얼거린다. 엄마가 우울해질까 봐 걱정이 된다. 엄마가 이 그림에 큰 의미를 두지 않았으면 좋겠다.

"나무 그늘 아래 빈 의자가 누군가를 기다리는 것 같아요. 나에게 첫 번째 아낌없이 주는 나무는 라희였고, 지금은 엄마 아빠예요."

재은이는 그림에 붙은 의자를 톡톡 건드리며 말한다.

"재은아, 우리를 그렇게 생각해 주니 고맙다!"

'우리 엄마 진짜 많이 변했네. 딸한테 고맙다는 말도 할 줄 알고.'

나는 피식 웃는다.

"엄마, 아파트 로비층 옆에 자투리 공간 활용은 잘돼 가는 거예요?"

재은이가 고개를 들고 엄마를 보며 묻는다.

"응. 부녀회, 관리 사무실 사람들, 모두 만나서 이야기 다 끝냈고 공사 진행 중이야. 다들 좋아해. 적극적으로 돕고 후원하겠대. 어둠침침한 지하 주차장에 벽화 그려서 조명 달면 환해지고, 안 쓰는 아파트 빈 공간 활용하면 아파트 홍보 효과를 극대화할 수 있어서 좋다고 해. 작품 전시회 열면서 주민들 유대 관계도 좋아지면 냉랭한 마을 분위기 화기애애해지니 좋고 아파트 값 올라갈 거니까 여러 가지로 좋다고 난리다. 왜 진작 이런 생각을 못했는지 모르겠다면서."

"엄마, 함께 더불어 사는 사회. 라희가 이런 걸 원한 게 아닐까요?"

"그런 것 같아. 부녀회에서는 노인정 어르신들을 모셔서 식사 대접도 한대. 노인정에서 만든 매듭이나 손뜨개 수세미 같은 것들도 내놓고 전시회 날 한쪽에서 바자회도 하겠다네."

"덩어리가 자꾸 커지고 있어요."

"응. 사람들이 서로 협력하니까 마을 전체가 움직이는 느낌이야. 효율적으로 일이 진행되어 좋고, 볼거리에서 나눔으로 확산되는 게 느껴져서 가슴이 막 뜨거워진다."

"엄마, 지금 좋은 거죠? 그렇죠?"

"응. 라희가 있었을 때 이런 것을 함께 계획했으면 얼마나 좋았을까? 엄마가 라희 말을 들으려고도 안 했어. 들어도 엄마 계획이랑 안 맞으니까 흘려버렸지. 엄마가 고집을 너무 부려서 라희한테 많이 미안해."

"엄마, 저도 라희한테 많이 미안해요."

"라희는 왜 그렇게 서둘러 떠났을까? 나쁜 계집애. 살아 있는 게 미안하게 우리를 이렇게 놔두고 떠나다니."

엄마가 그림을 들여다보며 혼잣말처럼 중얼거린다.

'이제 와서 새삼스럽게 뭘 내 탓을 하고 그래. 엄마.'

나는 엄마처럼 중얼거리며 대꾸한다.

나는 재은이와 엄마가 준비하는 전시회가 마음에 든다. 내가 생각한 것보다 훨씬 큰 규모로 진행되어 점점 흥미진진하다. 더욱이 아파트 주변 공간을 활용할 수 있고 주민들과 구역 관리자들은 물론 복지관 사람들까지 한마음이 되어 준비하니 더 좋다. '아름답고 푸른 마을 만들기'라는 주제가 구청장 마음까지 사로잡아 이 모든 것을 적극적으로 움직이게 한 결과이기도 하다. 어두컴컴한 지하 주차장이 환하게 탈바꿈하는 역동적인 움직임이 좋다.

"재은아, 고맙다. 라희도 재은이를 고마워할 거야."

엄마 목소리가 차분하다.

'그래. 뭐 고맙긴 하지.'

나는 지금 내가 속 좁은 것 같은 느낌을 떨쳐 버릴 수가 없다.

'뭐지? 이 추레한 느낌은. 질투하는 거임?'

나는 재은이 곁에 서서 생각한다.

"재은아, 넌 글씨가 예쁘니까 작품 소개나 제목 같은 거 직접 써 붙이면 좋겠어. 힘들면 말고."

"네. 엄마, 벽화 동아리 아이들이랑 상의해서 좋은 걸로 할 게요."

"그래. 어지간히 해 놓고 쉬어. 몸살 나지 않게. 재은아?"

엄마가 재은이 방을 나가려다가 몸을 돌린다.

"네?"

"아니다. 할 일 해."

엄마가 재은이 방을 그냥 나간다.

엄마가 무슨 말을 하려다가 그만뒀는지 나는 안다. 무슨 일을 하든지 그 중심에는 재은이가 있어야 한다고 말하려다가 꿀꺽 삼킨 거다. 옛날 같으면 돋보이지 않는 일이라면 나설 필요 없다고 주장하던 엄마가 그런 말을 삼킬 줄도 알다니.

벽화는 다 그려졌고 훼손되지 않게 코팅 작업을 하면 끝이다. 조명은 전문가들이 와서 바꾸거나 그림이 돋보이게 추가로 달면 되고 전시회장 공간은 공사가 마무리 단계라서 내걸 작품을 모아 제목을 달면 된다.

난 아무것도 할 수 없는 바보가 된 기분이지만 들떠 있다.

재은이는 전시회 때 어떤 작품을 내놓을지 궁금하다.

나는 재은이가 부럽다. 손으로 하는 건 뭐든 잘하는 재은이. 재료만 있으면 뭔가 뚝딱 만들어 내는 신기한 기술이 재은이에게는 있다.

재은이는 쉴 틈 없이 바쁘다. 그 빠른 손놀림으로 서랍 구석구석을 뒤져 좀 특이하다 싶은 물건을 죄다 꺼낸다. 스케치북에 내가 그리다 만 그림 몇 점, 종이접기, 메모지에 낙서한 캐릭터까지 다 주워 모아 오리고 붙여 작품을 완성해 놓는다.

재은이가 책상 밑에 쓰러진 기타를 꺼낸다. 먼지를 털고는 기타 줄을 튕겨 본다. 딩디리리링 현이 움직이며 공명을 낸다.

'아, 내 기타!'

나는 기타의 존재를 느낀다.

재은이가 구석에 처박힌 내 기억을 하나하나 꺼내 놓는 느낌이 든다.

기타.

현이 오빠를 만난 뒤 나는 기필코 음악 동아리에 들어가기 위해 애를 썼다. 기타를 사고 방학에 레슨을 받으러 학원에 다니는 동안 손가락이 너무 아파 계속해야 하나, 말아야 하나 고민했지만 손가락에 굳은살이 생기기도 전에 방학이 끝났고 나는 기타를 구석에 처박아 놓았다.

현이 오빠가 들려준 〈로망스〉 선율이 귓가에 맴돌았다. 그 선율은 내 마음을 차분하게 했다.

'현이 오빠가 들려준 〈로망스〉.'

나는 〈로망스〉를 항상 그렇게 불렀다.

재은이가 현이 오빠에게 톡을 보낸다. 예전에 내가 현이 오빠 공연 영상을 보내 주면서 톡을 공유한 적이 있다. 그때 저장된 톡이 재은이에게 있어서 정말 다행이다. 재은이는 전시회에 대해 간략하게 소개하고 그날 연주할 수 있는지 묻고, 연주를 한다면 관람객의 연령을 생각해 '7080 노래'를 하면 좋겠다는 내용이다.

현이 오빠는 톡을 열어 보지 않은 상태다. 시간 될 때 열어 보겠지만 빨리 열어 보면 좋겠다.

현이 오빠는 지금 입시 준비로 바쁘다. 실용 음악의 길로 가는 것을 반대하시는 부모님 때문에 힘든 시간을 보내고 있다. 뭔가 하겠다는 의지가 없는 청소년이 걱정이지 뭐든 하고 싶은 게 있는데 어른들은 왜 걱정하며 반대하는지 좀처럼 이해할 수 없다.

현이 오빠는 일요일이면 교회에서 기타 연주를 한다. 그야말로

착실한 교회 오빠 스타일이다. 음악을 하려면 가스펠 가수가 되라는 부모님의 요구를 현이 오빠는 힘들어한다. 부모님에게 음악 세계를 점령당하는 기분이 싫다고 강하게 반박한다. 하지만 현이 오빠는 실용 음악 중에서도 어느 장르를 전공할지 아직 정하지 못한 상태다. 고3이라 빨리 결정해야 할 것 같지만 조바심 내지 않는 걸 보면 현이 오빠는 느긋한 성격인 듯하다.

재은이는 현이 오빠 상황을 잘 모른다. 그러니까 현이 오빠가 답을 안 해도 그리 신경 쓰지 않는다.

재은이는 마치 전시회를 하기 위해 태어난 사람처럼 잠자는 시간도 줄여 가며 정성을 다 쏟아 준비한다.

제1회 2단지 아파트 그림 전시회 및 바자회 개최

아파트 게시판에 커다란 광고지가 붙는다. 벽화와 그림을 전시하고 바자회 수입금은 노인정과 복지관의 공부방에 나누어 기부하는 것으로 활동 목적이 정해진다. 협찬은 2단지 부녀회가 맡는다. 엄마는 집 안 곳곳에 있는 많은 살림살이와 옷가지들과 아빠 넥타이 등을 바자회 물건으로 내놓는다. 누가 보면 이사 가는 줄

착각할 정도로 많다. 엄마는 부녀회에서 일한 적이 없지만 마치 10년 정도 일한 사람처럼 뛰어난 친화력을 보인다.

아파트 지하 주차장 벽화, 자투리 공간 활용 전시회, 바자회, 음악 공연 모두 엄마가 추진하고 뭐 하나 엄마의 손길이 가지 않은 게 없는데 엄마가 그 중심에 서 있지 않다. 기획한 것을 사회복지사에게 넘기고 사회복지사가 그 기획안에 예산을 첨가해 올린 뒤 통과되면 예산을 타고 협력 단체를 모아 일이 빠르게 진행된다. 일의 중심에 엄마가 핵심이 되지 않는다면 결코 나설 리 없는 엄마가 사람들 속 한 사람이 되어 드러나지 않게 일을 한다. 엄청난 변화다. 엄마가 그 변화를 좋아하고 받아들인다.

마을이 꽃물결처럼 일렁인다. 냉랭했던 마을 분위기가 웃음소리와 사람들의 말소리로 찰방거리고 화기애애하다.

재은이가 견본으로 만든 초대장은 사회복지사를 거쳐 인쇄소를 통해 세상에 나온다. 내가 그리다 만 그림이 초대장 겉표지에 삐딱하게 기울어져 초대장을 대표하는 얼굴이 된다.

우리 마을에서 전시회와 바자회가 열리기로 한 날.

태양은 찬란하고 하늘은 푸르다.

구청장과 사회복지사, 엄마, 아빠, 부녀회장, 여러 단체 대표 몇 몇이 지하 주차장 입구에서 테이프 커팅을 하고 벽화를 관람하며 1층으로 올라간다. 그림이 전시된 곳에서 구청장이 축사를 한다.

엄마는 축사가 진행되는 동안 방명록을 놓은 작은 책상 앞에 서 있다.

엄마는 오늘도 중심에 서려고 애쓰지 않는다.

마을 사람들이 삼삼오오 몰려와 작품 전시와 벽화를 보고 칭찬 한다. 2천 장 넘게 찍은 초대장이 다 뿌려졌고 차려 놓은 다과는 동이 날 지경이다.

오후 4시, 음악 동아리 아이들이 나타난다. 벽화 동아리 아이들 도 연주 시간에 맞춰 온다. 그중에 주미가 있다. 재은에게 손을 살 짝 흔든다. 재은이가 주미를 알아보고 웃으며 고개를 끄덕인다.

음악 동아리 리더가 학교와 동아리를 소개하고 연주를 시작한 다. 음악 동아리에서는 아이돌 노래를 준비했는데 어떤 곡은 착착 잘 맞춘 군무가 돋보이고 어떤 곡은 노래가 돋보여 순서마다 특색 이 있다.

아빠는 공연이 끝나자 음악 동아리 아이들을 데리고 자장면을 사 먹이고 온다면서 행사장을 나간다. 벽화 동아리 아이들도 아빠를 따라 같이 나간다. 전시회장은 순식간에 조용해진다.

재은이가 시간을 본다. 기다리는 사람이 있는 거다.

현이 오빠.

드디어 오빠가 온다. 재은이 초대를 받고 기타를 둘러메고 우리 마을 프로젝트에 노래와 연주로 동참하려고 현이 오빠가 온다. 호리호리한 몸매, 178센티미터의 키, 쌍꺼풀 없는 눈에 오뚝하게 솟은 코, 머리를 올백으로 넘겨 왁스로 고정하고 신사 스타일 검정 양복을 빼입고 나타난다. 참 멋지다. 오빠네 학교 축제 때 초대받아 갔을 때 저 복장을 하고 웨이터처럼 일하던 현이 오빠가 생각난다.

현이 오빠는 자신을 실용 음악 보컬 지망생 고3이라고 소개하고 재은이가 준비한 의자에 앉아 기타 줄을 튕겨 조율한다. 곧 오빠의 손가락에서 〈로망스〉 선율이 흘러나온다. 시끌벅적하던 주변 사람들 소리가 일시에 정지한 듯 조용해진다. 그 가운데 기타 선율이 공명을 내며 퍼진다. 〈로망스〉, 슬픈 선율이 이토록 아름다울 수 있다는 걸 새삼 또 느낀다.

'현이 오빠가 들려준 〈로망스〉.'

내가 한 말이지만 나는 이 말이 영화 제목 같아서 참 좋다.

〈로망스〉 연주가 끝나자 사람들의 박수와 환호가 난무한다. 그 환호 속으로 곧바로 전주가 흐르고 오빠의 노래가 이어진다.

인생은 미완성.
그리다 마는 그림.
그래도 우리는 곱게 그려야 해.

아, 숨이 멎을 듯 가슴을 파고드는 노래다. '그리다 마는 그림' 그 가사에서 엄마의 눈동자가 심하게 흔들린다. 재은이가 찾아낸 그림, 엄마는 지금 내가 그리다 만 그림을 떠올리는 중이다. 미완성이란 제목을 달고 작품 전시회 벽 한 부분을 장식하고 있는 내 그림을 생각하는 중이다.

엄마가 노래를 들으며 천천히 아주 천천히 발소리가 나지 않게 걸어서 미완성 그림 앞으로 간다. 재은이가 '7080 노래'를 해 달라고 부탁했더니 〈인생은 미완성〉을 선곡해 온 현이 오빠. 이 노래를 부르는 현이 오빠 마음은 지금 어떤 상태일까. 내가 떠난 걸 알았어도 슬퍼하지 않았으면 좋겠다. 노래가 다 끝날 때까지 울컥하지 말고 평정심을 지켜서 잘 공연하면 좋겠다.

나도 이 노래를 기타로 연주하고 싶다. 잘 배우고 익혀서 엄마 아빠 앞에서 공연하고 싶지만 내가 하고 싶은 내 몫은 모두 끝이다. 이제 재은이가 해 주어야 한다. 나쁘지 않다. 아니 좋다. 재은이가 나를 대신 할 수 있어서 다행이다.

나는 엄마를 본다. 엄마는 조금 떨어져서 어떤 사람 뒷모습을 바라보고 서 있다.

"선생님, 오셨어요?"

엄마가 그림 앞에 선 사람에게 말을 건넨다. 공손한 말투다.

엄마 목소리에 뒤돌아서는 사람, 담임이다. 담임 얼굴은 이미 눈물범벅이다.

```
작품명

미완성


작품자

故 이라희 학생
```

내가 그리다 만 그림은 '미완성'이란 제목을 달고 재은이가 접은 색종이 의자를 쉼으로 장식되어 벽에 걸려 있다.

엄마와 담임은 누가 먼저랄 것도 없이 그림에 눈길이 간다. 그 상태로 잠시 침묵이 흐른다. 그 침묵 속에 현이 오빠의 기타 선율과 노래가 스며든다.

사람아, 사람아.

우린 모두 나그넨 걸.

외로운 가슴끼리 사슴처럼 기대고 살자.

담임이 눈물을 닦으며 울음을 참느라 어깨가 들썩인다. 현이 오빠의 애절한 노래에 담임의 마음이 후벼 파이는 중이다.

현이 오빠의 노래가 끝이 난다. 현이 오빠는 일어나 인사를 꾸벅한다.

"앵콜, 앵콜!"

사람들이 박수를 치며 외친다.

현이 오빠는 다른 곡으로 기타 연주를 또 시작한다. 분위기가 다시 조용해진다.

"초대해 주셔서 감사해요. 어머니."

담임이 침묵을 깨고 말한다.

엄마가 담임 곁으로 바투 선다. 손을 내밀어 담임에게 악수를 청한다.

'화해의 손을 내민 엄마. 진짜 감동이야.'

우리 엄마가 많이 변한 거다.

"어머니, 염치 불구하고 왔어요."

담임이 눈물을 닦아 내며 말한다.

"별말씀을. 제가 초대를 했는데 당연히 오셔야죠. 선생님, 와 주셔서 정말 감사해요."

엄마가 완전 딴사람이다. 감사하다는 말을 스스럼없이 한다. 선생님 앞에서 교양과 예절이라곤 눈곱만큼도 없었던 엄마의 옛날 모습은 이제 찾아볼 수가 없다.

"사실은 제가, 아니. 뭐라고 표현해야 하나……."

담임이 말끝을 흐린다. 내 이야기를 할 모양이다.

'선생님, 안 돼요. 아직 아니에요. 제 얘기는 선생님이 먼저 말하지 마세요. 그건 금기 사항이에요. 엄마에게 헛된 희망을 주면 안 돼요. 재은이가 우리 집에 입양됐어요. 선생님도 아시잖아요. 재

202

은이가 입양을 공개할 수 있다고 말할 정도로 자신감이 붙었는데 이 타이밍에 제 얘기를 하면 엄마가 흔들릴지도 몰라요.'

나는 단숨에 말한다.

담임이 침을 꿀꺽 삼키며 할 말까지 삼켜 버린다.

'선생님, 제가 선생님을 찾아갔다고, 선생님이 제 목소리를 들었다고 하면 엄마는 분명 제게 배신감을 느낄 거예요. 어쩌면 싸고 누워 병이 날지도 몰라요. 엄마가 안정제를 안 먹고 잠든 지가 얼마 안 됐어요. 지금 엄마한테 제 얘기 하면 엄마는 분명 흔들려요. 선생님을 매일 찾아가 저에 대해 물으며 괴롭힐지도 몰라요. 절대 말하지 마세요. 부탁해요. 아직은 아니에요. 선생님.'

담임이 내 말을 듣고 섰다가 눈물을 닦고 얼굴을 정리하며 고개를 든다.

"어머님, 면목이 없습니다."

담임이 말머리를 돌린다.

"선생님 잘못 아닌 거 알아요. 관광버스에 서른 명이 탔는데 우리 애만 떠날 게 뭐예요. 우리 아이에게 준 하늘의 운명이 그게 다인데. 그걸 깨닫기까지 많은 시간이 필요했어요. 제 못된 행동을 묵묵히 받아 주셔서 고맙습니다. 선생님."

엄마가 선생님한테 고개 숙여 인사를 한다.

지난번에도 이 비슷한 사과를 한 것 같은데 엄마가 담임에게 또 사과를 한다. 정말 많이 변한 우리 엄마다.

"어머님, 다음에 전시회 할 때 저에게도 미리 말씀해 주세요. 힘 닿는 데까지 힘껏 보태서 같이 준비할게요."

담임은 볼수록 겸손한 사람이다. 이번 전시회만 해도 뒤에서 도 왔으면서 자신이 한 일은 조금도 드러내지 않고 돕겠다고 말한다.

"네. 선생님. 고맙습니다."

엄마는 눈가의 눈물을 닦아 내며 웃어 보인다. 슬픈 미소다.

'웃으려면 그냥 활짝 웃던지. 아니면 차라리 웃지 말지.'

난 엄마의 저 표정이 싫다. 웃는 것도 아니고 우는 것도 아닌 어 정쩡한 저 표정이 진짜 싫다.

그때 현이 오빠의 연주가 끝이 난다. 모인 사람들이 노래 잘한다 고, 연주 잘한다고 저마다 한마디씩 하며 박수를 친다.

담임과 엄마가 그때까지 악수하고 있던 손을 슬며시 놓는다.

현이 오빠가 인사를 꾸벅하고 무대 매너를 지키며 퇴장한다.

재은이가 현이 오빠가 앉아 연주하던 의자 위로 올라가 사람들 앞에 나선다. 그러고는 다짜고짜 본론부터 들어간다.

"저는 초등학교 5학년 때부터 고아였습니다.

세상에서 가장 불행하다고 생각하며 지금까지 살아왔습니다.

그러다가 어느 날 지금 엄마가 저를 찾아왔습니다.

엄마는 관광버스 사고로 딸을 잃었고 그 딸과 가장 친했던 저를 입양해 주셨습니다.

저는 엄마 품에서 다시 태어나 지금 새 삶을 살고 있습니다.

처음엔 입양 사실이 알려질까 봐 전전긍긍했는데 이렇게 공개하기로 생각을 바꿨습니다.

저와 가장 친했던 친구 라희의 소원 중 하나가 '복지 마을을 만들기 위해 뭔가 하기'입니다.

그래서 우리 가족은 마을 전시회를 준비하게 되었습니다.

우리가 함께 더불어 사는 마을, 행복한 마을을 함께 만들어 가면 좋겠습니다.

큰 용기를 내어 커밍아웃 하는 것이니 저와 엄마 아빠에게 응원과 위로, 박수를 보내 주세요.

또 이 공간을 문화 공간으로 활용할 수 있도록 복지관 선생님들과 부녀회 어머님들께서 많이 도와주셨어요. 감사합니다.

'아름답고 푸른 마을, 복지 마을'을 만들기 위해 우리가 할 수 있는 일을 건의해 주시기 바랍니다. 꼭 반영하겠습니다. 감사합니다."

재은이가 인사를 꾸벅하고 의자에서 내려온다. 떨지 않는 걸 보니 결심을 단단히 하고 연습했나 보다.

사람들이 박수를 친다. 우는 사람도 있고 측은하게 재은이를 바라보는 사람도 있다.

엄마가 다가가 재은이를 품에 꼭 안아 준다.

"괜찮아! 괜찮아!"

사람들이 외치며 일정한 리듬으로 박수를 친다. 어느새 그곳에 아빠도 와 있다.

아빠는 동아리 아이들에게 자장면을 사 주고 재은이가 커밍아웃 하는 순간에 행사장으로 들어선 모양이다.

사람들이 흩어진다.

"어머님, 저는 그만 가 보겠습니다."

담임이 그냥 어머님이라고 부른다. 라희 어머니라고 하면 엄마한테 나를 상기시켜 그리 좋지 않을 듯하고 재은이 어머니라고 하려니 나를 금방 잊었다는 느낌을 주기 싫으니까 그냥 어머님이라고 한 거다.

"선생님, 우리 또 만나요. 라희 소원에 선생님이 동참해 주시니 힘이 나고 좋아요. 다음에 또 같이해요. 꼭."

엄마가 담임에게 다짐을 놓는다.

'엄마가 어쩌자고 저렇게 변하는 걸까?'

나는 엄마가 불안하다. 이러다가 언제 푹 고꾸라지듯 주저앉아 일어나지 못하고 입원하게 될까 봐 걱정이 된다.

담임은 엄마에게 정중히 인사를 하고 떠난다. 엄마는 떠나는 담임 뒷모습을 물끄러미 바라보고 서 있다.

"엄마."

재은이가 엄마 팔을 잡는다.

"응. 재은아, 말해."

엄마가 재은이에게 고개를 돌린다.

재은이는 말없이 그냥 피식 웃는다. 할 말 있어 부른 게 아니기 때문이다.

"재은아, 난 너하고 잘 통하게 될 줄 몰랐어. 라희가 너를 왜 좋아했는지 알 것 같아. 재은아, 너는 굉장한 친화력이 있어. 넌 날 닮았어."

"엄마를 닮았다는 말, 기분 좋아요. 하지만 라희가 딱 엄마를 닮았어요."

재은이 목소리 톤이 올라간다.

"아니. 라희는 딱 날 닮았어. 엄마는 복지를 모른 척했던 사람이거든."

아빠가 재은이와 엄마 대화에 끼어든다. 소외된 기분이 드나 보다.

"재은아, 입양 공개한 거 괜찮겠어? 후폭풍이 어떤 식으로 올지 모르잖아."

아빠가 걱정스러운 듯 묻는다.

"엄마 아빠도 제가 커밍아웃 할 거라는 거 알고 계셨잖아요."

"그러긴 하지만 오늘 같은 날 우리를 모르는 사람이 많은 가운데 이렇게 용기를 낼 줄은 몰랐지."

아빠가 재은이 머리를 손으로 부비며 말한다.

"배우들 중에도 공개 입양한 사람들이 있잖아요. 걱정하지 마세요. 힘들면 아빠한테 말하고 도움 청할게요."

"그래. 혼자 끙끙 앓지 말고 꼭 말해야 한다."

"네. 아빠."

재은이가 주변을 둘러본다. 현이 오빠를 찾는 중이다. 현이 오빠는 기타를 어깨에 메고 미완성 그림을 뚫어지게 보고 서 있다. 재은이가 현이 오빠 옆으로 다가간다.

"라희는 아낌없이 주는 나무가 되고 싶다고 했는데. 미완성, 그림에 딱 어울리는 제목이네."

현이 오빠가 재은이를 흘끔 쳐다보며 말한다.

"오빠, 라희 소원은 엄마 아빠랑 내가 다 이룰 거예요."

"그래. 간다. 참. 너, 예심 복지관 아니?"

현이 오빠가 가던 발길을 멈추고 뒤돌아서서 묻는다. 재은이는 가만히 서서 고개를 가로젓는다.

진로 선택

재은이가 현이 오빠에게 톡을 보낸다. 손가락으로 핸드폰을 톡 톡 치며 답장을 기다린다. 초조한 모양이다.

'왜 긴장하는 걸까?'

나는 긴장하는 재은이 마음을 알 수가 없다.

방배역에서 1번 출구로 나와 직진

마지막 골목에서 좌회전

계속 직진해서 마지막 빨간 벽돌 건물로 와.

예심 복지관이야.

수요일 오후에 다목적실에서 밴드 연습해.

지하철역에서 보통 걸음으로 12분 정도.

톡의 답장이다. 길 안내를 담았을 뿐 내용은 건조하다.

'거기 나 있어. 최소한 뭐 이 정도의 말은 해 주는 센스는 있어야 하지 않나?'

현이 오빠가 재은이에게 사무적이다. 그게 다행인 건지 섭섭한 건지 내 마음을 잘 모르겠다.

"엄마 아빠, 저 친구 만나고 올게요."

재은이가 엄마 아빠에게 외출을 하겠다고 통보한다. 현이 오빠를 만나러 가면서 친구 만난다고 거짓말을 한다.

"어디로 가는데? 데려다줄까?"

아빠가 소파에 앉았다가 벌떡 일어나며 묻는다.

"가까워요. 지하철역에서 걸으면 12분 정도라니까 차 타고 갈 정도는 아니고 걸어가도 돼요."

재은이가 신발을 꺼내 신으며 대답한다.

"어디 봐. 우리 딸, 외출옷 스타일 좀 보자."

엄마가 재은이를 빙 돌려세운다.

"엄마, 라희 옷이에요. 저한테 어울려요?"

재은이가 엄마를 빤히 보며 묻는다. 눈치를 보는 거다.

"좋다. 잘 맞춰 입었고 스타일은 됐으니까 이건 용돈 해. 필요할 때 쓰고, 너무 늦지는 말고."

엄마가 재은이 손에 만 원짜리 두 장을 쥐어 준다.

"엄마, 외출 허락해 주셔서 감사해요. 학교 가는 거 말고 집에서 혼자 자유롭게 외출하는 거 처음이에요. 기뻐요. 제가 엄마한테 용돈을 받으며 외출을 하다니 꿈만 같아요."

재은이가 싱글거린다. 진짜 좋은 모양이다. 소원이 또 하나 이루어지니 좋을 수밖에.

재은이는 혼자 쓰는 자기 방을 갖는 것, 혼자 침대 쓰는 것, 예쁜 옷 입는 것, 자유롭게 혼자 외출 하는 것 등이 소원이다. 그러니까 아주 평범한 아이다. 정말 기본적인 것이지만 재은이는 이런 것들을 누리고 살지 못했기 때문이다. 무엇을 하려고 할 때마다 불안을 느끼는 재은이, 안 되면 어떡하나 걱정부터 하게 된다는 재은이가 나는 항상 안타까웠지만 지금은 아니다. 재은이 곁에는 우리 엄마 아빠가 있으니까.

재은이가 현이 오빠를 만나러 간다.

내가 현이 오빠를 처음 알게 된 건 소나기 때문이었다.

쨍쨍한 햇볕이 온 누리에 충만하던 날, 하늘은 순식간에 먹구름에 뒤덮이고 느닷없이 쏟아지는 장대비가 당황스러워 눈에 보이는 건물 입구를 향해 나는 무조건 뛰어가야 했다. 우산은 당연히 챙기지 않았고 혹시 있다 해도 비가 너무 거세서 우산 쓰고 빗속을 뚫고 걸어갈 자신이 없었다. 비가 그칠 때까지 그렇게 서 있을 생각이었다.

나는 핸드폰을 꺼내 일기 예보를 확인하면서 바깥을 보았다. 비는 여전히 양동이로 퍼붓는 것처럼 쏟아졌다. 비 그치기를 기다리며 인터넷 검색창에 소나기, 갑작스런 폭우 등 여러 가지 단어를 입력하니 '한국형 스콜'이란 단어가 떴다.

스콜은 캄보디아나 베트남 같은 동남아시아에 주로 발생하는 현상인데 갑작스럽게 쏟아지는 비가 5~10분 정도 집중적으로 내린 뒤 언제 그랬냐는 듯이 맑은 하늘이 되는 현상이고 한국형 스콜은 우리나라 날씨가 아열대성 기후로 바뀌면서 국지성 호우가 열대 지방에서 자주 일어나는 스콜을 닮아 가는 현상이라고 설명되었다.

나는 이런저런 날씨 정보를 찾아보며 비 그치기를 기다리다 한 시간쯤 지난 것 같아 시간을 봤더니 겨우 10분 지났을 뿐이었다. 그때 아주 감미로운 〈로망스〉를 연주하는 기타 선율이 귀에 감겨 왔다. 〈로망스〉를 피아노로 뚱땅거렸을 때와는 다르게 기타 선율 은 통통 튀는 빗방울 같은 느낌이었으나 결코 경쾌하지 않았다. 오히려 가슴이 먹먹할 만큼 아름다우면서도 슬프다는 것을 그때 처음 알았다.

나는 건물 입구에 서서 기타 연주를 숨죽이며 들었다. 한 곡을 다 듣고 다음 곡을 기다렸지만 끝내 울리지 않는 기타 선율이 몹 시 아쉬워 똥 마려운 강아지처럼 종종거리며 그곳을 쉽게 떠나지 못했다.

국지성 호우, 소나기는 그쳤다. 비를 피해 건물에 뛰어든 것이 무색할 정도로 쨍한 햇살에 나는 약간의 짜증이 났지만 기타 선율 의 잔상을 기억하며 그대로 서 있었다. 그때 기타를 둘러맨 청년 이 건물 밖으로 공처럼 튀어나왔다.

나는 1초의 망설임도 없이 큰 자석에 이끌려 훅 딸려 가는 바늘 처럼 그 청년의 뒤를 따라갔다. 따라간 다음에 그 청년에 대해 알 게 되었는데 가장 먼저 알게 된 것은 성은 유, 이름은 현이라는 사 실이었다.

현이 오빠는 훤칠한 키, 호리호리한 몸매, 짧은 머리카락에 왁스를 발라 하늘을 향해 한껏 치켜올려 멋을 낸 머리 스타일이 인상적이었다. 대학교 1학년쯤 되는 청년인 줄 알았는데 뮤지션을 꿈꾸는 고등학생인 것을 알고 나는 안도의 숨을 내쉬었다.

　'부모 관심 속에 사육되는 동질감 같은 거였나?'

　나는 왜 안도했는지도 모르면서 그냥 피식 웃었다.

　지금 생각해도 그때 내가 왜 안도했는지 잘 모르겠다. 짓눌린 꿈에 동질감을 느꼈기 때문일까?

　나는 현이 오빠를 생각할 때마다 가슴이 뛴다. 아빠 말고 다른 남자에게 관심을 갖거나 멋지다고 느낀 것은 현이 오빠가 처음이다. 내 또래 여자 애들은 대부분 연예인을 좋아하는데 나는 연예인에게 관심이 없다.

　현이 오빠는 여름이 지나면 9월 수시부터 정시까지 계속되는 실기 시험을 치러야 하지만 음악 장르를 아직까지 정하지 못해 불안한 나날을 보내는 중이다. 게다가 부모님과 의견 조율을 끝내야 한다. 가출이 무기가 될 줄 기대하고 연습실에서 밤을 새운 적도 여러 날 있지만 꿈쩍하지 않는 부모님 때문에 숨 막히는 삶을 살아 내는 중이다. 타협점을 찾기 위해 재즈 음악을 전공한 다음 나중에 가스펠 음악을 하겠다고 제의해 봤지만 부모님을 설득하지 못했다.

나는 지금 현이 오빠 마음이 얼마만큼 정리됐는지 궁금하다. 지난번 마을 전시회 때 들은 현이 오빠의 애절한 '7080 노래'에 질척하게 묻어나는 재즈 느낌이 인상적이어서 현재 마음 상태가 매우 궁금하다.

현이 오빠는 내 진로 문제와 고민을 털어놓은 유일한 사람이다. 오빠는 꿈이 있다면 그 꿈을 이루고 싶은 확신이 있다면 끝까지 기다리면서 구체적이고 철저한 준비를 하고 노력해야 성공할 수 있다고 믿는 사람이다.

엄마는 사회복지사가 되겠다는 나의 꿈을 이해하지 않았다. 더불어 행복하게 살아야 할 권리, 누구나 행복할 권리, 단순하지만 복잡한 그 이념을 왜 담당하고 싶은 거냐고 소리쳤다. 내 방에 들어오지 않고 나와 대화하지도 않고 밥 먹여 학교 보내고 학원 보낸 결과로 성적을 올리는 것만이 엄마의 역할인 양 내가 무슨 생각을 하는지 내가 뭘 원하는지 관심을 두지 않았다.

재은이가 빨간 벽돌 건물 앞에 서서 고개를 든다. 다목적실을 찾아가 출입문을 당긴다. 겨우 몸 하나 비집고 들어갈 만큼 문을 열고 들어간다.

'문을 편하게 많이 열고 훅 들어가지. 왜 저리 답답하게 굴어. 기운 없는 애처럼.'

나는 재은이를 보며 중얼거린다.

현이 오빠는 기타를 치며 가스펠 노래를 부른다.

재은이가 실내 전체를 훅 훑어본다. 키보드를 치는 여자, 드럼을 치는 남자, 기타를 치는 현이 오빠. 악기가 그렇게 세 개만 있어도 훌륭한 연주가 된다는 사실에 묘한 매력을 느낀다.

재은이는 연주를 방해하지 않으려는 듯 뒤에 놓인 의자에 가만히 앉아 연주를 듣는다. 쿵작쿵작 경쾌한 리듬에서 조용한 곡으로 흐름이 넘어가고 현이 오빠 입에서 노래가 흘러나온다.

당신은 사랑받기 위해 태어난 사람.
당신의 삶 속에서 그 사랑받고 있지요.

'무슨 노래가 이렇게 사랑스러울까? 딱 나네.'

재은이가 중얼거리며 피식 웃는다.

현이 오빠 부모님이 하라고 하는 가스펠 음악이다. '7080 노래'를 부를 때와는 아주 다른 느낌이다. 현이 오빠는 카멜레온 같다. 노래 변화에 천재적인 재능이 있어 보인다.

재은이가 들어온 문 반대쪽 문이 열린다. 훤칠한 키에 적당히 붙은 살 때문에 풍채가 좋게 느껴지는 여자 한 사람이 들어온다. 재은이 눈과 딱 마주친다.

'누굴까?'

재은이가 긴장하며 벌떡 일어선다.

서로 낯선 얼굴인데 여자 어른이 재은이를 보고 먼저 웃는다. 웃으니 눈이 반달처럼 된다. 하얀 피부가 빛이 난다.

당신은 사랑받기 위해 태어난 사람.

당신의 삶 속에서 그 사랑받고 있지요.

'틀렸다! 아까와 다른 음정이다.'

재은이가 중얼거리며 현이 오빠를 본다.

'얘 뭐지? 절대 음감인가?'

나는 재은이의 이 신기한 반응에 놀란다.

"틀렸어. 좀 쉬자. 뒤에 모임도 있으니까 오늘 연습은 여기까지 하는 걸로."

현이 오빠가 말하며 마이크를 끄고 악기 정리를 한다. 웡웡 울리던 음악 소리가 조용해지자 적막감이 흐른다.

"입시반 밴드 연습한다고 해서 와 봤어. 수고들 많네."

"관장님, 안녕하세요?"

이구동성으로 인사하는 밴드 아이들.

재은이가 그들의 시선을 따라간다.

'관장님? 이 여자분이 이곳 복지관 관장님이시구나!'

재은이가 생각한다.

"현이는 내 방에 좀 왔다 가."

관장님이 말한다. 목소리가 굵고 낮지만 인자하고 따스함이 묻어난다.

"잠깐만요. 재은이도 같이 가도 되나요? 라희 친구예요."

현이 오빠가 재은이를 챙긴다. 낯선 곳에 혼자 두지 않으려고 배려하는 마음이다.

"그래. 현이 상담할 건데 괜찮다면 같이 와도 돼. 재은이라고 했니?"

관장님이 재은이를 보고 활짝 웃으며 말한다.

"네. 감사합니다."

재은이가 대답하자 관장님은 들어왔던 문으로 다시 나간다.

'그리운 관장님, 나의 그녀 1호, 나의 멘토.'

관장님은 복지관에 상담 센터를 설치하고 상담원들을 양성해 마음이 아픈 사람들의 이야기를 많이 들어주는 역할을 사명으로 한다. 1년에 두 번 음악회를 여는데 한 번은 오전 시간에 하고 한 번은 저녁 시간에 한다. 음악회 출연진으로 성악가들과 가곡, 오페라 동호회 회원들을 초청해 공연을 기획하고 누구든지 와서 음악을 즐길 수 있도록 다목적실을 문화 공간으로 활용한다. 특히 노인 복지와 청소년 복지를 꿈꾸고 소망한다. 평범해 보이지만 결코 평범하지 않은 이 관장님을 나는 존경한다. 관장님과 복지 비전을 함께 바라보는 것 또한 나의 꿈이다.

관장실 앞에서 현이 오빠가 노크를 하고 곧바로 문을 연다. 관장님 방은 창 쪽에 키가 큰 해피트리가 커다란 화분에서 잘 자라고 책상 앞과 뒤 벽면은 바닥부터 천장까지 책꽂이에 책이 가득 꽂혀 있다.

재은이가 현이 오빠와 나란히 앉아 관장님을 마주한다.

나는 재은이가 앉은 그 자리에서 관장님한테 진로 상담을 받았
다. 상담을 받으면서 관장님이 품은 꿈을 듣고 어른들도 끊임없이
꿈을 꾼다는 사실을 그때 처음 알았다. 나는 내가 하고 싶은 것을
하지 못한다면 평생 꿈만 꾸고 살게 되어 신나는 삶을 살지 못하
리라는 것을 깨달았고 무슨 일이 있어도 사회복지를 전공하겠다
는 내 꿈은 확고해졌다.

관장님은 내게 소원나무를 제안해 주셨다. 나의 소원나무 탄생
은 그렇게 시작되었다.

현이 오빠는 관장님 앞에서 다소곳하다. 서로 의견이 다르다고
해서 냉랭하거나 적대시하는 분위기가 아니다. 나하고 엄마 사이
의 대립된 감정하고는 완전 다른 분위기다.

"그래. 현아, 엄마의 소원나무는 펴 보았니?"

관장님이 먼저 말을 꺼낸다.

'관장님이 소원나무를 만들어 현이 오빠에게 주셨나? 현이 오
빠가 소원나무를 만들어 관장님께 보여 드린다고 했는데. 궁금하

다.'

"엄마. 저는 엄마의 소원나무를 펴 보고 저의 계획보다 엄마의 계획이 훨씬 더 구체적이고 실현 가능성이 높다는 것을 알게 됐어요."

현이 오빠가 대답한다.

"전에 엄마가 말로도 잘 설명했다고 생각하는데 설명이 안 되었나 보네?"

관장님이 현이 오빠를 보고 웃으며 말한다.

"네. 제가 딴생각을 하며 엄마 이야기를 들었나 봐요. 엄마의 소원나무를 보고 '꿈을 시각화하라!'라는 꿈을 이루는 데 성공한 사람의 말이 생각났어요. 저의 진로 계획은 엄마의 계획만큼 구체적이지 못했어요. 제가 미래에 대해 불안함을 느낀 이유를 이제 알았어요."

현이 오빠가 재은이를 한 번 힐끔 보며 말한다.

"많이 불안했니?"

관장님이 웃으며 묻는다.

"저는 가스펠 음악을 전공하는 것도 나쁘지 않다고 생각해요. 하지만 목회자가 될 생각은 없어요."

현이 오빠는 마음을 잡은 모양이다.

나는 현이 오빠가 재즈 음악만을 고집하며 투쟁 중인 줄 알았는데 음악을 할 수 있다면 뭐든 괜찮다는 지금 이 태도가 소신 있어 보이지 않아 실망스럽다. 하지만 부모님과 의견이 다르다고 서로 미워하면서 말도 안 하고 원수처럼 지내지 않고 끊임없이 방법을 제시하며 대화로 조율해 가는 과정이 참 좋다고 생각한다.

"현아, 중학교 때부터 밴드를 쉬지 않고 열심히 연습해 왔으니까 시험 준비도 그렇게 하면 돼. 엄마는 현이가 시간을 갖고 결정할 줄 알았어. 가스펠 음악 시험 준비, 잘할 수 있지?"

관장님이 이러쿵저러쿵 토를 달지 않고 긍정적인 말로 묻는다. 그 물음은 말하는 사람의 의중이 80퍼센트 이상 담겨 있음을 나는 안다.

'울 엄마랑 많이 달라. 의견이 달랐을 때 엄마는 나랑 말도 안 했는데. 관장님은 현이 오빠랑 지속적으로 대화하고 있었어. 구체적인 진로 계획을 세워 소원나무를 만들어 주고 설득하고 있었던 거야.'

나는 한숨을 훅 내쉰다.

"현아, 넌 나가도 돼. 남은 이야기 있으면 집에서 또 하자."

관장님이 현이 오빠를 풀어 준다.

"재은아, 상담하고 식당으로 와. 3층이야."

현이 오빠가 출입문을 열다가 뒤돌아서서 재은이에게 말한다.

재은이가 고개를 끄덕인다. 긴장한 얼굴이다.

"재은이 이야기는 현이한테 눈곱만큼 들었어. 오늘 상담하러 올
거라는 이야기 정도. 어떤 상담이 필요한 거니?"

관장님이 재은이 앞으로 몸을 숙이며 묻는다. 관심을 갖고 잘 듣
겠다는 뜻이다.

"진로 상담이에요. 저보고 사람들이 손재주가 있다고 해요. 저
도 그렇게 생각하고요. 그래서 디자인 공부를 하고 싶은데 저는
컴퓨터 하는 거를 싫어하거든요."

"디자인을 하려면 컴퓨터를 해야 하는 거니? 그림을 그리는 게
아니고?"

관장님이 질문을 한다.

"두 가지 다 해야 하나 봐요. 디자인 고등학교에서 우리 학교에
진로 설명회를 나온 적이 있어요. '미디어 디자인과'라고 했는데
질문했더니 컴퓨터로 디자인 작업을 한다고 해요."

"그랬구나. 그래서 걱정이 많이 됐구나?"

관장님이 재은이 말에 공감을 해 준다.

"네. 제게 컴퓨터가 생긴 지도 얼마 안 됐고 사용할 줄 아는 건 메일 보내는 정도예요. 초등학생 수준이죠."

재은이 목소리에 힘이 없다. 부끄러운 모양이다.

"그래. 많이 걱정됐겠구나. 내가 아는 사람 중에 그림 작가가 있어. 가끔 일에 관한 이야기를 듣는데 요즘은 그림을 그려도 컴퓨터로 수정 작업을 해서 마무리한다고 해. 컴퓨터로 수정 작업을 하는 게 빠르고 좋다고 하던데."

관장님이 실제 경험을 이야기해 준다.

"그러니까 싫지만 컴퓨터를 배워야 하는 거죠?"

"중학교 교과에 컴퓨터 과목 있지 않니?"

"네. 있어요. 저는 시험 때만 열심히 외워요."

"괜찮아. 본인이 관심 없는 과목은 누구나 다 그래. 하지만 디자인을 하는 데 필요한 거라면 이제 컴퓨터에도 관심을 갖고 익혀야겠네. 부모님과 이야기는 해 봤니?"

"아직요. 부모님은 제가 하고 싶은 게 있는지 생각해 보고 말해 달라고 하셨어요. 제가 디자인을 공부하겠다고 하면 밀어주실 분들이에요. 아, 관장님. 저희 부모님은 양부모님이세요. 얼마 전에 제가 입양됐어요."

"그랬어? 좋은 분들이구나."

"네, 좋은 분들 맞아요. 관장님, 상담해 주셔서 감사합니다."

"다음 주에 청소년부에서 군부대 간식 나눠 주는 봉사하러 간다고 하던데 부모님께 말씀드리고 허락받으면 같이 가면 좋겠다. 재은아, 힘내고. 진로 잘 결정하고. 상담 필요하면 언제든지 와. 진로 결정되면 다시 와서 이야기해 줄래?"

"네. 알겠습니다. 관장님. 감사합니다."

재은이는 공손하게 인사를 하고 관장님 방을 나간다. 3층으로 가기 위해 엘리베이터를 타고 내린다.

'식당이라고 했는데. 교제와 나눔의 방이 식당인가?'

재은이는 3층 출입문에 '교제와 나눔의 방'이라고 쓰인 팻말을 보고 우두커니 서 있다.

문이 열린다. 그 안에서 현이 오빠가 나온다.

"들어와. 올 때 됐는데 안 와서 관장실에 가 보려고 했어. 밴드 애들이랑 다른 애들도 있는데 괜찮지?"

현이 오빠가 문을 활짝 열고 옆으로 비켜서 준다.

"네. 식당이 아니고 왜 교제와 나눔의 방이에요?"

재은이가 안으로 들어가며 묻는다.

"음식 나눠 먹으면서 사귀라고."

현이 오빠가 들어가며 대답한다.

재은이가 실내에 들어섰을 때 요란하게 환호하며 박수를 친다. 탁자에는 여러 개의 피자 상자들이 펼쳐져 있다.

재은이는 이 요란한 환영식이 어색해 엉거주춤 서서 두리번거리자 현이 오빠가 빈 의자를 가리킨다. 재은이는 현이 오빠가 내준 의자에 가 앉는다.

"주미?"

재은이가 그 모임 중에 주미가 있다는 사실을 알고 깜짝 놀란다.

"서로 아는 사이니?"

현이 오빠가 묻는다.

"네. 2학년 때 같은 반이었어요. 집짓기 봉사 활동도 같이 하고."

재은이가 냉큼 대답한다. 현이 오빠 권유로 이곳에 들어오긴 했지만 아는 사람 없는 공간에 있기가 무척 어색할 것 같아 망설였는데 주미가 있다니 반가울 수밖에 없다.

"재은이, 잘 알죠. 여기서 만날 줄은 몰랐지만."

주미가 피식 웃는다.

"재은아, 다음 주에 군부대 간식 나눠 주는 봉사 활동 가는데 같이 가자. 주방 선생님이 닭강정 300인분 만들어 주신대. 우리가 할 일은 가서 배식하는 거."

주미가 관장님이 말해 준 그 일을 설명한다.

"주미, 너는 배식 그거 해 봤어? 난 안 해 봤는데."

재은이는 다 기어가는 자신 없는 목소리로 묻는다.

"그럼. 난 두 번이나 해 봤지. 이번에 같이 가자. 너 운 좋은 줄 알아. 봉사할 기회가 딱 생기다니."

주미가 피자 한 쪽을 재은이에게 내밀며 말한다.

집짓기 봉사 활동 갔을 때 재은이한테 건들거릴 때를 생각하면 지금 나긋나긋한 주미 모습은 완전 다른 사람이다.

주미는 갈등을 빨리 잊은 모양이다. 나쁜 건 빨리 잊고 좋은 것은 빨리 받아들이는 게 현명하다. 주미가 단순해 보이지만 시원시원해서 좋다.

'내가 원했던 화해 분위기가 바로 이런 건데 내가 없는 상황에서 이루어지다니. 그건 좀 아쉽네.'

재은이와 주미의 관계가 좋아져서 다행이다. 아니 진심으로 정말 좋다.

"주미야, 나 혼자 외출은 오늘이 처음이야. 엄마 아빠가 걱정하실 것 같아서 들어가야 해. 밖에서 잠깐 나 좀 봐."

재은이가 여러 사람에게 인사를 하고 밖으로 나간다.

주미가 재은이 뒤를 따라 나간다.

"할 말 있어?"

주미가 묻는다.

재은이는 복지관 바깥으로 나간 뒤 지갑을 연다.

"엄마가 용돈 하라고 오늘 2만 원 주셨는데 너를 보는 순간 용돈의 반을 주고 싶은 마음이 생겼어. 라희가 나에게 그랬던 것처럼 나도 너랑 쌍둥이처럼 사이좋게 나란히 크면 좋겠다고 생각해."

재은이가 주미 손에 만 원을 쥐어 준다.

"무슨 뜻이야?"

주미가 얼떨결에 지폐를 받아 들고 재은이를 보며 묻는다.

"오해하지 마. 너를 믿는다는 뜻이야."

재은이는 지금 경계심을 완전히 푼 상태다. 자신을 방어하기 위해 친구와 가까워지지 않으려고 외면하지도 않는다. 감추는 게 많을수록 머리가 복잡하고 관계가 더 나빠진다는 것을 안다. 마음과 행동이 일치해야 행복하다는 것도 안다.

"나 간다. 주미야. 또 보자."

재은이가 저만치 뛰어가더니 뒤돌아 주미에게 손을 흔든다.

그때 빗방울이 후두둑 떨어진다. 맑고 쨍한 하늘에서 빗방울이 떨어진다. 국지성 호우, 스콜이 예상된다. 순식간에 소나기가 쏟아진다.

"재은아, 돌아와! 빨리."

주미가 소리친다.

재은이가 재빠르게 복지관 건물을 향해 뛰어간다.

"빨리 더 빨리 뛰어!"

주미가 발을 동동 구르며 재은이에게 손짓을 한다.

재은이와 주미는 복지관 건물 처마 끝에 나란히 서서 쏟아지는 빗물을 본다. 소나기가 곧 지나가기를 기다리던 예전에 나처럼.

길 위의 도서관

엄마, 아빠 재은이가 거실에 모여 앉아 있다. 긴장한 얼굴 같지만 딱히 긴장한 것 같지는 않고 숙제를 받는 기대감 같은 분위기라고 해야 할까 아무튼 묘하게 고요하다.

"재은아, 입양 사실 커밍아웃 하고 친구들 반응은 어떠니?"

엄마가 먼저 입을 뗀다.

"애들은 그냥 축하 이모티콘 보내 주고 전시회 이야기만 하고 입양 이야기는 안 묻더라고요. 뒤에서 지네끼리는 이야기하겠죠. 하지만 뭐, 저는 신경 안 쓸 생각이에요."

재은이가 피식 웃는다.

"재은아, 아빠도 깜짝 놀란 거 아니?"

아빠가 소원나무 상자 뚜껑을 열며 묻는다.

재은이가 쑥스러운 듯 어깨를 들었다가 놓는다.

"라희 소원나무 열매, 이번엔 내가 열어 볼게. 하나 남았잖아."

아빠가 엄마의 얼굴을 살핀다. 엄마가 고개를 끄덕인다. 아빠가 소원나무 열매를 떼어 펴 본다.

이동 도서관 만들기

아빠가 예상했다는 듯이, 이럴 줄 알았다는 듯이 피식 웃으며 엄마에게 열매를 건네준다.

재은이가 엄마 곁으로 다가가 앉아 글자를 함께 읽는다.

"우리 딸답다."

"맞아요. 라희다워요."

재은이가 거든다.

"얘는 마지막 소원까지 저를 위한 것은 진짜 하나도 없네. 나 참."

엄마가 중얼거리며 허탈해 한다.

"이 모든 게 다 라희 자신을 위한 거였을 거야. 그래야 행복하니까. 우리 라희가 결코 평범한 아이는 아니야. 그치?"

아빠가 엄마 말을 거든다.

엄마는 지금 무슨 생각을 하고 있을까.

'너는 너무 평범해. 그게 탈이야.'

엄마가 나에게 했던 그 말을 기억하고 있는 걸까?

"내가 라희를 많이 모르고 살았어. 애가 어쩜 이런 생각만 하며 살았을까? 여보, 우리 딸 라희 맞아? 낯설어. 진짜."

엄마가 힘없이 피식 웃는다.

"앞으로 우리 서로 많은 것을 알아 가며 살자고. 후회할 일 만들지 말고."

아빠가 담담하게 말하지만 표정이 어둡다. 아빠도 뭔가 죄책감이 있나 보다. 안 그래도 되는데.

"엄마, 아빠. 제가 잘할게요. 엄마 아빠 말씀 잘 들으며 살게요."

재은이가 엄마 아빠를 번갈아 보며 말한다.

'재은아. 딸은 그런 게 아니야. 그냥 주어진 대로 편하게 지내면 되는 거야. 공부하듯 노력하며 딸 노릇하는 게 아니라니까. 에휴, 말하면 뭘 해. 듣지도 못하는데.'

나는 재은이가 안쓰럽다. 초등학교 5학년 때부터 보육 엄마와 살면서 딸 노릇을 하며 산 게 지금 습관처럼 나온다. 부모와 자식 사이는 그냥 편안한 관계인데 딸로 인정받으려고 애써 노력하지 않아도 된다는 걸 재은이는 모른다. 얼마만큼 편해져야 그런 생각에서 놓일까. 엄마 아빠에게 응석도 부리고 투정도 하는 편안한 그런 날이 빨리 왔으면 좋겠다.

엄마는 담임에게 연락을 하고 아빠는 사회복지사에게 연락을 하고 재은이는 현이 오빠와 주미에게 연락을 한다. 이동도서관을 효율적으로 만들어 운영할 방법을 서로 찾고자 주변에 알리는 중이다.

나의 소원나무 열매가 하나 더 공개되면서 주변 사람들이 바쁘게 된 셈이다.

엄마, 아빠, 재은이가 생각하는 이동도서관은 아마도 지역 주민을 위해 준비하는 것 같다. 스마트폰 때문에 책을 많이 읽지 않는 요즘 같은 현실에 책을 사는 사람이 줄고, 바빠서 도서관을 찾아가 책을 빌리는 일도 빈번하지 않은 이때에 집 앞 이동도서관에서 책을 빌리고 반납할 수 있다면 주민들이 책을 많이 읽게 될 것이기 때문에 활용 가치가 높고 나름 의미 있을 것이다.

하지만 내가 생각한 이동도서관은 강원도 오지 마을이나 책이 필요한 군부대, 병원 등을 찾아가 책을 빌려주고 또 되돌려 받으면서 문화 혜택을 제대로 누리지 못하는 사람들을 위해 찾아가는 이동도서관이다.

재은이까지 우리 지역 주민들이 편리하게 이용할 수 있는 이동도서관을 생각한 걸 보면 내 계획하고는 조금 거리감이 있다. 하지만 상관없다. 누구를 위해 만들든지 이동도서관이 길 위를 누비고 다니며 그 역할을 충분히 하고 많은 사람들이 그 혜택을 누린다면 그 자체만으로도 만족하기 때문이다.

하루하루 날짜가 지나간다. 물밑에 흐르는 물살이 빠르듯 흘러가는 시간이 빠르다.

아빠가 연락한 사회복지사는 커다란 버스를 기증받아 온다. 이 대형 버스는 다른 모습이 되어 나타날 것이다. 실내 양쪽 벽면에 책장이 들어서고 도서관의 모습으로 탈바꿈하게 될 것이며 우리 동네 도서관 소속이 될 것이다. 아빠는 인테리어 집을 드나들며 대형 버스 양 벽에 넣을 책장을 짜기 위해 견적을 뽑는다. 언뜻 보면 좁아 보이는 이 공간에 3천여 권의 책이 들어갈 수 있다는 사실을 알고 아빠는 크게 감탄한다. 그러고 나서 책장 제작을 주문한다.

엄마가 연락한 담임은 책이 나온 지 3년이 지나지 않은 많은 책들을 기증받아 온다. 학생들에게 한 권씩 기증받은 책들이 5백여 권이 넘는다. 나머지 책장을 채울 책들은 지역 도서관 자체에서 출판사와 연계해 50퍼센트에 구입한다.

엄마는 지역 도서관 사서와 책 동아리 어머니들과 함께 바코드 작업을 시작한다. 엄마가 마을 전시회 이후 마을 사람들과 교류하는 것은 이번이 두 번째인 셈이다. 그러나 친밀감은 서로 십년지기 친구들 같다. 이제 엄마의 이런 모습이 낯설지 않다.

재은이는 주미의 연락을 받는다. 학교 벽화 동아리 아이들을 데려와서 대형 버스 외부에 그림을 그리겠다는 내용이다. 만약 학교 벽화 동아리가 움직인다면 담임이 분명히 또 손을 쓴 거다. 오른손이 하는 일을 왼손이 모르게 하는 게 담임의 특기이므로 엄마 아빠는 이런 사실을 모르겠지만 나는 이제 담임이 하는 일을 척 보면 척, 알 것 같다.

현이 오빠는 이동도서관이 군에 가 있는 형에게 가 주는 일도 할 수 있는지 물었고 그랬으면 좋겠다고 재은에게 연락이 왔지만 당분간 그쪽으로는 일이 진행될 것 같지는 않다.

엄마는 사회복지사에게 이런 의견과 진행되는 사실을 알리고 사회복지사는 대학생 벽화 동아리에서 나와 밑그림을 그릴 거라는 소식을 전해 준다.

이동도서관이 될 대형 버스 외부에 밑그림이 그려지기 시작한다. 주미와 함께 온 학교 벽화 동아리 아이들은 밑그림에 색칠을 한다. 그림 작가 지망생인 이 아이들은 작품을 만들어 내듯 무척 진지하다. 버스 창문 부분은 하늘을 표현하는데 구름과 새 몇 마리가 날고 빈 공간의 아름다움을 살린다. 바퀴 쪽은 땅으로 구분해 표현된 그림이다. 행복한 이 세상을 연상하게 하는 풍경이 묘사되어 간다. 요란하지 않으면서도 꽉 찬 느낌으로 완성된 그림이 신선하고 좋다. 진행되는 일을 하나하나 보면 하는 일이 작은 것 같은데 전체를 보면 아주 큰 덩어리다.

대형 버스 이동도서관 이용 방법은 우리 동네 도서관 규칙과 똑같이 정해져 적용된다. 이동도서관 이용 방법은 지역 주민뿐만 아니라 누구든지 신분증 하나로 회원증을 발급받을 수 있고 이 회원증 하나면 주민 센터와 마을문고, 문화 센터 작은 도서관 열람실까지 모두 이용할 수가 있다. 책은 한 사람이 두 권씩 2주 동안 빌릴 수가 있고 책을 대출하고 연체되면 모든 도서관 이용이 정지되므로 유의해야 할 사항까지 똑같으니 모두 통합된 한 덩어리다. 그러니까 독립된 하나가 아니라 전체 중의 일부인 셈이다.

엄마가 노트북을 구입해 이동도서관에 기증한다. 엄마와 책 동아리 어머니들은 사서를 중심으로 책을 분류하고 분류 번호를 붙인다. 그다음에는 책에 바코드 붙이는 작업을 하고 그 작업이 다 끝나자 컴퓨터에 등록하는 일은 사서가 한다. 엄마와 책 동아리 어머니들은 마른 수건으로 책장을 닦고 컴퓨터 등록을 마친 책들을 책장으로 옮겨 일련번호를 가지런히 맞춰 진열한다. 그러고는 뒷마무리를 깔끔하게 해 첫 번째 고객 맞을 준비를 완료한다. 모두 손으로 한 작업이다. 일손이 많아 빠르게 진행된 것 같지만 일주일 이상이 소요된 결과물이다.

이동도서관 운행 일정표가 사서를 통해 나온다.

꿈쟁이 운행 일정표

"어머나! 사서 선생님, 이동도서관 이름이 꿈쟁이예요?"
엄마가 묻는다. 약간 들뜬 목소리다.

"네. 초등학생들에게 공모했는데 꿈쟁이가 채택됐어요. 이름 예쁘죠?"

사서가 대답하고 묻는다.

"네. 예뻐요. 꿈쟁이."

'우리 라희도 꿈쟁인데. 꿈만 꾸다 간 꿈쟁이.'

엄마는 내 생각을 한다.

사서는 꿈쟁이가 여기저기 다닐 요일, 동네 이름과 시간, 주차 장소가 적혀 있는 큰 달력만한 안내문도 만든다. 본격적으로 시작할 수 있는 모든 준비가 완료된 진짜 완벽한 프로젝트다.

내 가슴이 뛴다. 내가 서른 살에나 이룰 수 있다고 생각한 일이 지금 실현이 되었다는 사실이 꿈만 같다. 담담하면서도 때로는 역동적으로 용기를 내준 엄마가 내 소원을 하나씩 이뤄 주어 고맙고 묵묵히 도와준 아빠에게 감사할 따름이다.

나는 엄마 아빠와 함께 사는 동안 엄마에게 좀 더 친절하지 못한 게 미안하고 죄송하다. 내 성격은 좀 느긋한 편인데 엄마는 매우 급하다. 엄마가 생각을 끝낸 것은 바로 실행에 옮겨야 하는 조급성이 생활에 대부분 적용되는 일이 많아서 내가 힘들어했지만 지금은 엄마의 그 조급성마저 그립다.

엄마가 이동도서관 관장으로 위촉을 받는다. 나는 엄마가 도서 관장 자격 요건을 갖추고 있는지 생각하다가 자격이 충분하다는 사실에 또 한 번 놀란다. 엄마가 공무원이었다는 사실, 아빠와 결혼할 당시 촉망받는 시청 직원이었다는 사실이 떠오른다. 하지만 이동도서관은 말 그대로 이동할 수 있어야 하는데 이 큰 버스를 누가 운전할 것인지 의문이 생긴다. 엄마는 이렇게 큰 차를 운전할 수 없을 테고 구청에서 누가 도와주는지 궁금하다.

'혹시?'

내 생각이 거기에 머문다.

'엄마가 진짜 용기를 낼 수 있었을까? 엄마는 담임에게 어디까지 이야기를 들은 것일까?'

나는 여러 가지 상황을 유추해 보지만 엄마를 진짜 모르겠다. 개관식 날짜는 정해졌고 모든 일은 마무리된다. 개관식 날 이벤트 준비는 재은이가 하고 있다.

재은이는 주미를 집으로 초대한다. 둘이 이마를 맞대고 대본을 쓰고 손 인형을 만들고 등장인물의 목소리를 녹음해 5분짜리 인형극을 연습한다. 그 모습을 보니 사이좋은 쌍둥이 같다.

이동도서관 개관식 날은 토요일 오후 2시다.

대형 버스가 구청 앞에 우뚝 서 있다. 앞 출입문에 플래카드를 설치하고 고객들을 기다리고 서 있다. 재은이와 주미가 플래카드 뒤에 가서 인형극을 준비한다. 엄마가 컴퓨터에 스피커를 꽂고 녹음된 음향을 틀자 인형들이 등장한다. 목소리가 다 녹음되었기 때문에 목소리에 맞춰 인형을 낀 손을 움직여 주기만 하면 인형들이 말하는 것처럼 보인다. 재은이의 발상이다.

엄마가 이동도서관 관장으로 소개된다. 관장의 역할은 이동도서관 버스를 운행하고 운영을 총괄해 관리를 담당하는 일이다. 필요에 따라 사서가 함께하며 책의 대출과 반납을 처리하는 일과 새로 나온 책과 반납된 책들을 분류 번호대로 잘 정리하는 일을 하게 된다. 무엇보다 주민들에게 친근하게 다가가야 하는 일이 가장 중요하다.

엄마가 이동도서관 대형 버스 앞문에 서서 짧게 소감을 이야기한다. 그러고는 소개할 사람이 있다고 한다. 그러자 버스 안에서 남자가 나와 인사를 꾸벅한다. 낯이 익다. 이 남자는 바로 관광버스 사고를 내고 숨어 있다가 담임의 도움으로 양심선언을 한 그 관광버스 운전기사다.

엄마가 엄청난 용기를 낸 거다. 아저씨를 완전히 용서하기로 마음먹은 거다. 담임에게 아저씨 이야기를 모두 들은 거다. 엄마는 아저씨가 사고를 낸 뒤 일하지 못하고 폐인처럼 살면서 죽음을 생각할 만큼 죄책감에 시달렸다는 이야기를 듣고 마음이 아팠을 거다. 그렇다고 처음부터 용서하는 마음이 생긴 것은 아니다. 엄마는 내 마음을 알아차리고 결단을 내린 거다. 참 훌륭한 엄마다. 공무원이었던 엄마가 자신만을 위한 삶을 살기로 선택하고 바랐던 것에는 반드시 그만한 이유가 있겠지만 엄마 마음이 지금 사람들과 더불어 살아가고자 하는 마음으로 돌아와서 참 다행이다. 시간이 많이 지났지만 너무 늦지 않은 거다.

엄마는 진짜 매력덩어리다. 이동도서관 관장으로서도 잘 해낼거라 믿는다. 불안증 때문에 운전을 할 수 없었던 관광버스 운전기사에게 용기를 주고 죄책감을 사라지게 하여 치유될 수 있게 도운 엄마가 나는 좋다.

'엄마, 함께 있어 주지 못해 미안해.'

나는 엄마 곁에서 조용히 속삭인다.

이별의 시간

해는 아직 온 누리에 가득하고 한낮처럼 환하다. 하지만 6시가 되었고 이동도서관 문을 닫을 시간이다. 나는 여름을 좋아한다. 해가 길어서 활동할 시간이 많기 때문이다.

엄마는 이동도서관 문을 닫을 때까지 남아 있는 사람들을 본다. 아빠, 담임, 운전기사 아저씨, 주미 그리고 재은이까지. 나는 모두 품고 가야 할 사람들임을 잘 아는 까닭에 마음을 태평양 만하게 자꾸 넓혀야 한다고 생각하는 중이다.

"고깃집 가서 저녁 먹고 들어가지?"

아빠가 엄마에게 밥 먹는 수신호를 보내며 말한다.

"어디 예약해야 되는 거 아니에요?"

엄마가 대뜸 대답한다.

"근처 고깃집에 예약했어. 한 5분만 걸으면 되는데 괜찮지?"

아빠가 엄마에게 피곤하지 않느냐고 묻는 뜻이다.

엄마가 고개를 끄덕인다. 그러자 아빠는 이동도서관 꿈쟁이 운전기사 아저씨를 데리고 앞장서서 걸어간다. 그 뒤를 따라 재은이와 주미가 간다.

"선생님은 나랑 가요."

엄마가 담임 손을 잡아끌자 담임이 웃으며 고개를 끄덕인다.

"라희는 뭐를 해도 함께해야 하는 일이 소원이었네요."

담임이 엄마에게 말을 건넨다. 엄마에게 내 이야기를 먼저 꺼낸 거다.

'엄마 반응이 어떨까? 괜찮을까?'

"그러게요. 속이 깊은 아이인 줄 제가 예전엔 몰랐어요. 선생님, 라희는 학교에서 어떤 아이였어요?"

엄마가 태연하고 담담하게 묻는다.

"재은이 문제를 잘 해결한 걸 보면 아시잖아요. 문제 해결 능력도 탁월해요."

담임이 빙그레 웃으며 말한다.

'선생님, 저를 좋게 말씀해 주셔서 감사해요.'

나는 담임 곁에서 속삭인다.

"좋게 말해 줘서 감사하다네요."

"네? 무슨 말씀인지."

엄마가 의아한 얼굴로 담임을 쳐다본다.

"아, 아닙니다. 제가 잠시 딴생각을 하다가 그만."

담임이 얼렁뚱땅 넘긴다.

나는 떠나야 한다. 내가 세상에서 갑작스럽게 사라졌기에 남은 사람들이 너무 슬퍼하고 아파해서 위로가 되고자 머물렀는데 이제는 충분히 치유가 되고 안정된 걸 보니 내 갈 길을 가야 할 때가 온 듯하다.

"먼저 말씀하신 '고아 도와주기'는 어떻게 되었나요?"

담임이 엄마에게 묻는다.

'엄마가 그런 걸 다 생각했어? 몰랐네.'

나는 피식 웃는다.

"선생님 말씀대로 한 아이씩 가정과 연계해 주는 프로젝트가 좋아서 복지관에 문의를 했어요. 복지사가 좋은 아이디어라고 기획서 작성해서 보고서 제출하고 회의를 했는데, 긍정적인 반응이었다면서 기관과 연결해 가정에 보낼 아이들 명단을 가지고 연락한다고 했어요."

엄마가 담임을 보고 웃는다.

"진행이 잘되고 있네요. 일종의 주말 홈스테이 같은 거군요."

"네. 그렇죠. 선생님. 잘된 거죠?"

"그럼요. 저희 학교에서는 봉사단 학부모님들께 공지했어요. 이 프로젝트에 대한 설명이 필요해서요."

"아, 네."

엄마가 고개를 끄덕인다.

"무엇보다 교장 선생님 결제가 중요한데 매우 긍정적이셨고 적극 추진하라고 하셨어요. 교직원들이 회의를 했는데 기관의 아이들을 데리고 주말을 보내는 아이에게는 봉사 점수를 주는 방향으로 의견을 모았어요. 물론 교장 선생님도 이 일에 적극 지원하고 동참하신다고 하셨지요. 교장 선생님은 주말 홈스테이도 신청하실 것 같아요."

"잘됐네요. 선생님."

"복지관에서 명단 넘어오면 봉사단 어머님들과 구체적으로 의

논해 진행하면 되겠어요. 모든 게 어머님 덕분이죠."

"별말씀을요. 결과물이 있어야 하니까, 저는 방문 일지 만들어 선생님께 메일 보내드릴게요."

"아뇨. 괜찮아요. 어머님은 이제 이동도서관 꿈쟁이 일만 해도 바쁘실 텐데. 그 서류는 제가 작성할 게요. 교장 선생님께 어차피 보고해야 하니까 방문 일지는 제가 만들겠습니다."

"네. 그럼 선생님이 해 주세요. 아, 선생님 덕분에 일 하나 덜었네요."

엄마가 웃는다.

엄마와 담임은 손을 잡고 다정하게 걷고 있다.

"우리 라희가 자기 소원을 이루기 위해 이렇게 많은 사람들이 협력하는 것을 알면 뭐라고 할까? 궁금하네요."

엄마가 혼잣말처럼 중얼거린다.

'뭐라고 하긴 우리 엄마 최고! 그러지. 우리 엄마 진짜 최고야!'

나는 엄마 말에 대꾸한다.

"'우리 엄마 최고!' 그러네요."

담임이 내 말을 받아 전한다.

"선생님, 그게 무슨 말씀이세요?"

엄마가 담임을 빤히 보며 묻는다.

담임이 눈을 껌뻑이며 당황해한다.

"'우리 엄마 최고!'라고 누가 그래요? 아까도 '감사하다네요'라고 하셨잖아요."

엄마가 재차 묻는다.

'엄마, 내가 할 말이 있어서 여기에 왔어.'

나는 엄마 곁에 가까이 다가가서 말한다.

"라희니? 라희지? 환청인가? 라희 목소리가 들리네."

엄마가 비틀거린다.

'내 소원을 엄마 아빠가 다 이뤄 주고 있으니까 정말 고마워. 그동안 엄마를 힘들게 하고 인사 못하고 떠나서 정말 미안해. 엄마, 사랑해. 그 말 못하고 떠난 것도 미안해.'

"라희야, 라희야!"

엄마가 내 이름을 부른다. 내 목소리를 들은 거다.

'엄마, 난 몇 달 동안 시간을 덤으로 얻었어. 별책 부록을 얻은 기분이야. 엄마 아빠와 지낸 시간은 내 인생에서 본문이었고 영혼으로 지켜본 기간은 본문에서 다 하지 못한 이야기를 묶은 별책 부록 같은 거였어. 이 별책 부록을 남겨 놓고 갈게. 남은 사람들이 더 채워서 완성해 주기를 기대할게. 우린 이별을 준비하지도 못한 채 헤어졌잖아. 내가 갑자기 떠나게 되어서. 엄마, 미안해. 인사 못 하고 떠난 거 진짜 미안해.'

"라희야, 어디 있니? 세상에! 이럴 수가! 선생님, 이거 꿈은 아니죠? 아니 환청인가요?"

엄마가 땅바닥에 힘없이 주저앉는다.

'엄마, 내 소원을 이뤄 줘서 정말 고마워. 지금은 내가 먼저 가. 나중에, 아주 나중에 그곳에서 우리 다시 만나. 재은이가 엄마 딸이 되어 정말 좋아. 엄마, 힘내고 씩씩하게 살아야 돼. 알았지? 엄마한테 인사하고 떠나게 되어 정말 다행이야. 엄마, 할 일 다 하고 나중에 우리 꼭 만나.'

"라희야, 라희야!"

엄마가 얼굴에 흘러내리는 눈물을 손바닥으로 닦아 내며 사방을 두리번거린다.

"라희야! 우리 라희."

동물의 울부짖음과 흡사한 엄마의 목소리가 울려 퍼진다.

나는 아무 말도 하지 않는다. 이젠 진짜 가야 하기 때문이다.

재은이와 주미가 가던 발을 멈추고 뒤돌아본다. 땅바닥에 주저

앉아 울고 있는 엄마를 보고 놀란다.

"엄마, 엄마!"

재은이가 엄마를 부르며 달려가 엄마 손을 잡는다.

"아줌마!"

주미가 재은이 곁에 앉아 엄마의 다른 손을 꼭 잡는다.

"재은아, 라희가……. 라희 목소리가 들렸어."

엄마가 말을 잇지 못하고 재은이와 주미를 잡은 손에 힘을 준다. 그러고는 흐느껴 운다.

담임이 물휴지로 엄마의 얼굴을 가만가만 닦아 준다.

"주미야, 아줌마가 너를 진작 품어 주지 못해 미안하다. 진짜 미안하다."

엄마가 주미를 보고 말한다.

'엄마, 엄마 가슴에는 내가 자리 잡고 있을 거잖아. 내 가슴에 엄마가 있듯이. 그러니까 우리는 항상 같이 있는 거야. 엄마, 내 소원을 들어줘서 고마워. 재은이랑 주미, 담임 선생님까지 품어 줘서 더 고마워. 나 이제 갈게. 오래오래 행복하게 살다가 나중에 아주 나중에 우리 꼭 만나. 엄마, 사랑해. 그동안 엄마 아빠 딸로 있어서 정말 행복했어. 그 말을 진작 못해서 미안해. 아빠, 안녕. 재은아,

주미야, 잘 있어. 꼭 행복해야 돼.'

나는 중얼거린다.

남겨진 사람들, 이제는 울지 말고 더 아파하지 말고 서로 사랑하
며 나를 추억하면 좋겠다.

* * *

가야 할 길이 서로 완전히 달라졌음을 나는 확실히 안다.

내 가족은 나하고 갑작스런 이별로 아파한다.

그 아픔마저 삶으로 끌어안고 살아야 함을 나는 안다.

언젠가 우리가 다시 만날 그 날이 완전한 삶의 완성이다.

지금 이별의 슬픔은 행복한 재회, 그 날을 위해 인내하는 과정이다.

나에게 별책 부록 같은 짧은 시간을 추억으로 간직하고

나는 간다.

추억 속의 내 이름 라희를 기억하면서.

라희가 내 마음에 들어온 건 한반도에 집단 분향소가 차려지고 통곡의 물결이 또 한 번 지나며 노란 리본이 사람들의 가슴에 안기던 끄트머리쯤이었다.

사랑을 잃은 사람들의 소리 없는 눈물이 마음을 더 안타깝게 하는 까닭은 떠난 사람은 돌아올 수가 없고 두 번 다시 만날 수도 없기 때문이었다.

세월이 지나도 여전히 치유되지 않은 마음으로 떠나간 사람이 그리워서 아픈 고통을 감수하며 살아가는 사람들의 마음 일부가 내게 애잔함으로 다가왔다.

'급히 떠나게 된 사람도 남은 사람만큼 안타깝고 아프지 않을까?'

《라희의 소원나무》는 그 마음에서 시작되었다.

사회복지를 위해 애쓰는 사람들, 그 일을 꿈꾸었던 라희가 세상에 잠시 동안 더 머물면서 주변 인물들과 하나씩 이루며 얻는 성취감을 나누기 위해 《라희의 소원나무》를 만들게 되었다.

소설에 나오는 집짓기 봉사 활동은 내가 속한 단체에서 청소년들과 어른 20여 명이 실제로 춘천에서 활동한 뒤 묘사한 부분이다. 소설에서 실제 존재하는 건물과 인물을 묘사하기도 했다.

더불어 사는 사회, 누구나 행복할 권리, 평등하게 잘 살아가기 위한 노력은 끊임없이 진행되어야 한다. 그런 의미에서 《라희의 소원나무》가 청소년들에게 꿈이 되고 희망이 되었으면 참 좋겠다.

라희의 소원나무

ⓒ 윤영선 2018

발행일 초판 1쇄 2018년 12월 12일

글 윤영선
일러스트 율마
펴낸이 김경미
편집 김유민
디자인 책과이음

펴낸곳 숨쉬는책공장
등록번호 제2014-000031호
주소 서울시 마포구 잔다리로 110 102호(04002)
전화 070-8833-3170 **팩스** 02-3144-3109
전자우편 sumbook2014@gmail.com
값 13,000원 | **ISBN** 979-11-86452-36-3

잘못된 책은 구입한 서점에서 바꿔 드립니다.
이 도서의 국립중앙도서관 출판예정도서목록(CIP)은 서지정보유통지원시스템
홈페이지(http://seoji.nl.go.kr)와 국가자료종합목록시스템(http://www.nl.go.kr/kolisnet)에서
이용하실 수 있습니다. (CIP제어번호 : CIP2018037827)

숨쉬는책공장 청소년 문학 시리즈는 청소년을 중심으로 너와 나,
우리가 건강하고 행복하게 숨 쉴 수 있는 세상을 꿈꾸고 만들어 가는 문학 작품을 담아냅니다.